雅众
elegance

智性阅读
诗意创造

我的灵魂是日落时分
空无一人的旋转木马
聂鲁达诗精选

Poemas selectos de
Pablo Neruda

[智]巴勃罗·聂鲁达　著
陈黎　张芬龄　译

雅众文化 出品

目 录

译者序　I

霞光集（1920—1923）

16　香　袭

17　爱

18　屋顶上的黄昏

19　如果上帝在我诗里

20　我的灵魂

21　告　别

二十首情诗和一首绝望的歌（1923—1924）

26　（1）女人的身体

27　（10）我们甚至失去了

29　（14）每日你与宇宙的光

31　（20）今夜我可以写出

34　绝望的歌

地上的居住（1925—1945）

- 40 阿都尼克格的安琪拉
- 42 独身的绅士
- 44 我俩一起
- 47 我双腿的仪式
- 51 鳏夫的探戈
- 54 带着悲叹的颂歌
- 57 四处走走
- 60 无法遗忘（奏鸣曲）
- 62 天上的溺水女子
- 63 华尔兹
- 65 在林中诞生
- 68 炮击/诅咒
- 70 传 统
- 71 我述说一些事情
- 75 西班牙什么样子
- 80 给玻利瓦尔的歌

一般之歌（1938—1949）

- 86 一些野兽
- 88 马祖匹祖高地
- 110 他们为岛屿而来（1493）
- 112 科尔特斯
- 114 哀 歌
- 117 智利的发现者

- 119　埃尔西利亚
- 121　麦哲伦的心（1519）
- 126　巴托洛梅·德·拉斯卡萨斯神父
- 131　劳塔罗（1550）
- 132　酋长的教育
- 134　劳塔罗对抗人头马（1554）
- 137　青　春
- 138　一朵玫瑰
- 139　一只蝴蝶的生与死
- 140　鱼与溺毙者
- 142　复活节岛
- 145　酒

船长的诗（1951—1952）

- 148　你的笑
- 151　失窃的树枝
- 153　如果你将我遗忘

元素颂（1952—1957）

- 158　数字颂
- 163　番茄颂
- 167　慵懒颂
- 170　衣服颂
- 173　夜中手表颂
- 177　塞萨尔·巴列霍颂

183　悲伤颂

185　火脚颂

190　脚踏车颂

194　双秋天颂

狂想集（1957—1958）

200　要升到天际你需要

201　美人鱼与醉汉的寓言

203　抑郁者

205　可怜的男孩

207　猫之梦

209　火车之梦

212　朋友回来

213　太多名字

一百首爱的十四行诗（1957—1959）

218　（1）玛蒂尔德：植物，岩石，或酒的名字

219　（20）我的丑人儿，你是一粒未经梳理的栗子

220　（27）裸体的你单纯如你的一只手

221　（45）别走远了，连一天也不行……

222　（90）我想象我死了，感觉寒冷逼近

智利之石（1959—1961）

224　公　牛

225　岩石中的画像

227　南极之石

229　海　龟

典礼之歌（1959—1961）

234　派塔未安葬的女子（选十）

241　节庆的尾端（选二）

全力集（1961—1962）

246　诗人的责任

248　行　星

249　海　洋

250　海

251　小夜曲

252　清洗小孩

254　熨衣颂

255　春

黑岛的回忆（1962—1964）

258　性

263　诗

266　东方的宗教

267　哦大地，请等等我

268　未来是空间

船 歌 (1964—1967)

  272 船歌始奏（选三）

  275 船歌是终

白日的手 (1967—1968)

  282 有 罪

  284 礼 物

  286 动 词

世界尽头 (1968—1969)

  290 物 理

  291 蜜 蜂（I）

  293 境 况

  295 最悲哀的世纪

海与铃 (1971—1973)

  298 寻 找

  299 我感激

  300 每日，玛蒂尔德

  301 有一个人回到自我

  302 在最饱满的六月

  303 如果每一日跌落

  304 让我们等候

  305 原谅我，如果我眼中

二〇〇〇（1971）
308　面　具

黄色的心（1971—1972）
310　异　者
311　情　歌
313　一　体
315　拒绝闪电

疑问集（1971—1973）
318　（3）告诉我，玫瑰是光着身子
319　（10）百年后的波兰人
320　（24）对每个人而言4都是4吗？
321　（62）在死亡之巷久撑
322　（72）假如百川皆甜

精选的缺陷（1971—1973）
324　要让你烦的悲伤的歌
327　大尿尿者

聂鲁达年表　329

译者序

大地上的恋歌
——聂鲁达诗评介

聂鲁达（Pablo Neruda，1904—1973），一九七一年诺贝尔文学奖得主，是智利大诗人，也是二十世纪最伟大的拉丁美洲诗人。他的诗作甚丰，诗貌繁复，既阔且深，不仅广受拉丁美洲人民热爱，并且因屡经翻译而名噪世界。尽管许多批评家认为聂鲁达的诗作受到超现实主义、艾略特（T. S. Eliot）以及其他诗人的影响，他诗中那种强烈而独特的表现方式却是独一无二聂鲁达的；他的诗具有很奇妙的说服力和感染力，他拒斥理性的归纳，认为诗应该是直觉的表现，"对世界做肉体的吸收"："在诗歌的堂奥内只有用血写成并且要用血去聆听的诗。"

聂鲁达于一九〇四年出生于智利中部盛产葡萄的帕拉尔（Parral），父亲是铁路技师，母亲在生下他一个月后死于肺结核。他两岁时就随父亲搬到智利南方偏远的拓荒地区特木科（Temuco），聂鲁达最亲密的童年伴侣是树木、野花、甲虫、鸟、蜘蛛，也就是在这块未受社会、宗教、文学传统干预的地方，他诗人的根诞生了。十岁左右，他写下了他最早的一些诗。在将近六十岁所写的一首名叫《诗》的诗里，回忆那段岁月时他如是说：

> 某样东西在我的灵魂内骚动，
> 狂热或遗忘的羽翼，
> 我摸索自己的道路，
> 为了诠释那股
> 烈火，
> 我写下了第一行微弱的诗句……

一九二一年，他到首都圣地亚哥读大学，初见城市的内心冲击供给了他更多的创作激素，一九二三年，他出版了第一本诗集《霞光集》（*Crepusculario*），立刻受到了瞩目。一九二四年，《二十首情诗和一首绝望的歌》（*Veinte poemas de amor y una canción deseperada*）的出版，更使得他在二十岁就受到了全国的瞩目。这本诗集突破了拉丁美洲现代主义和浪漫主义的窠臼，可以说是拉丁美洲第一批真正的现代情诗，如今早已被译成多国语言；在拉丁美洲本地，这本诗集更像流行曲调或谚语般家喻户晓地被传诵着。

《二十首情诗和一首绝望的歌》是一名青年的心路历程，记录着他和女人、世界接触的经验，以及他内在的疏离感。为了排遣城市生活的孤寂，聂鲁达只有把自己投注到喜爱的事物和女人身上。在诗中，他把女人融入自然界，变形成为泥土、雾气、露水、海浪，企图借自然和生命的活力来对抗僵死的城市生活，企图透过爱情来表达对心灵沟通的渴望。然而女人和爱情并非可完全沟通，有时候她也是相当遥远的。在一些诗（譬如《思想着，影子纠缠于》）里，我们可以找到像这样的句子：

> 你的存在与我无关，仿佛物品一样陌生。
> 我思索，长时间跋涉，在你之前的我的生命。
> 在任何人之前的我的生命，我崎岖的生命。
> 面对大海，在岩石间的呐喊，
> 自由、疯狂地扩散，在海的雾气里。
> 悲伤的愤怒，呐喊，大海的孤独。
> 脱缰，粗暴，伸向天际。

或者——

> 所有的根在摇撼，
> 所有的浪在攻击！
> 我的灵魂无止尽地滚动，欢喜，悲伤。
>
> 思想着，将灯埋进深深的孤独中。
>
> 你是谁，你是谁？

因此我们可以说这些情诗始终是在爱的交流、企图沟通以及悲剧性的孤寂三者间生动地游离着。

一九二七年，聂鲁达被任命为驻仰光领事，此后五年都在东方度过。在那些当时仍是英属殖民地的国家，聂鲁达研读英国文学，开始接触艾略特以及其他英语作家的诗作。但在仰光、科伦坡和爪哇，语言的隔阂、文化的差距、剥削和贫穷的异国现象，使他感到和当年在圣地亚哥城同样的孤寂。他把孤绝注入诗作，写下了《地上的居住》（*Residencia en la tierra*）一、二部中的诗篇。这两本诗集可说是精神虚无期的产品。诗中呈现给我们的是一个在永恒腐蚀状态下的恐怖世界，一个无法沟通，逐渐瓦解，归返混沌的世界。尽管诗人企图在诗中追寻个人的归属，但时间却不停地摧毁现在，带给他的只是过去自我的苍白的幻象，这现象始终困扰着诗人；《无法遗忘（奏鸣曲）》这首诗可以作为说明：无法超越时间的挫败感为全诗蒙上了凄冷和孤寂的色彩。人类既然生存于时间的轨道内朝腐朽推进，人类经验——对聂鲁达而言——因此也即是荒谬的，而世界唯一的秩序就是"紊乱"。聂鲁达否定秩序，描写混乱的现实，但他的写作技巧却有一定的脉络可循，这种秩序不是建筑上的工整，而是一种浪涛拍岸式的秩序，在松散的结构下，现实被展衍成一连串毫不相连的梦幻似的景象，因共同的情感核心而彼此相通。例如在《独身的绅士》一诗里，性意象一个接着一个地迅速闪过，堆砌而成的效果成功地把独身男子的欲望和心态衬托出来。

一九三六年，西班牙内战爆发，任驻马德里的聂鲁达的诗风有了明显的改变，从他一九四七年出版的诗集《地上的居住》第三部中可以清楚地看出。他为不纯粹的诗辩护，认为诗不是高雅人士的风雅品，而应该以一般民众为对象，记载劳工的血汗、人类的团结以及对爱恨的歌颂。在《我述说一些事情》一诗中，我们可以找到他对诗风转变的宣告：

> 你们将会问：你的诗为什么不告诉我们
> 梦或者树叶，不告诉我们
> 你家乡伟大的火山？
>
> 请来看街上的血吧！
> 请来看
> 街上的血，
> 请来看街上的
> 血！

而一九三九年，他更明白地写下这些句子："世界变了，我的诗也变了。有一滴血在这些诗篇上，将永远存在，不可磨灭，一如爱。"因为对诗本质的观念改变，诗的功用也有所改变，由个人情感的记载演化成群体的活动，诗不再只是印在纸上的文字，对他而言，诗成了新的表现形式，成为一种见证："当第一颗子弹射中西班牙的六弦琴，流出来的不是音乐，而是血。人类苦难的街道涌出恨和血，我的诗歌像幽灵一样顿然停步。从此，我的道路和每个人的道路会合了。忽然，我看到自己从孤独的南方走向北方——老百姓，我要拿自己谦卑的诗当作他们的剑和手帕，去抹干他们悲痛的汗水，让他们得到争取面包的武器。"毫无疑问地，他在写这些作品时是一方面假想有听众在听的。

聂鲁达把这种"诗歌民众化"的观念延伸到《地上的居住》第三部以后的诗作上去，于一九五〇年出版了不朽的《一般之歌》(*Canto general*)。《一般之歌》是一部庞大的史诗，由大约三百首诗组成，长达一万五千行，分成十五个大章，内容涵盖了整个美洲：美洲的草木鸟兽、古老文化、地理环境、历史上的征服者、压迫者和被压迫者……它们和诗人自传式的叙述交织在一起；全诗在对生命及信仰的肯定声中结束。尽管《一般之歌》是针对一般听众而写（聂鲁达喜欢在贸易工会、政党集会等许多场合为一般民众朗诵他的诗，他后来表示：朗诵诗歌是他文学生涯中最重要的事实），但这并不表示这些诗作是简单浅显的。就拿《马祖匹祖高地》这章诗为例，全章共分十二个部分，具有一个复杂而严谨的结构。诗人先陈述个体在文明城市中的孤离、不安，使前五部分的诗成为一种"下坡"，下沉到个体认知了生命的挫败为止：想在人类身上找寻不灭的因子的企图只是更将诗人拉近死亡。从第六部分起，"上坡"的结构开始开展，他攀登上"人类黎明的高地"，那使高地上碑石有了生命的诸种死亡萦绕着他，他想到那些建筑高地的苦难的奴隶，最后了解到他的任务是赋予这些死去、被遗忘了的奴工新的生命，恢复他们在历史上的地位；至此，诗人把全诗带入全人类认同一体的新境界。诗人以见证者的姿态出现诗中，透过诗的语言，美丽且有力地把自己所见所闻，所接触到的经验、真理传达出来。

《一般之歌》出版之后，聂鲁达更加致力于诗的明朗化，贯彻他"诗歌当为平民作"的信念，一九五四年出版了《元素颂》(*Odas elementales*)。在这本诗集里，聂鲁达不再采用礼仪式、演说式的语言，而用清新又简短的诗行，使得一首诗自然得像一首歌谣。他礼赞日常生活的诸多事物：书本、木头、番茄、短袜、字典、集邮册、脚踏车、盐、地上的栗子、乡间的戏院、市场上的鲔鱼、海鸥、夏天……他歌颂最根本的生命元素，他歌颂爱、自然、生命，甚至悲伤、慵懒。聂鲁达说："我喜欢变换语调，找出所有可能的声音，追求每一种颜色，并且寻找任何可能的生命力量……当我探向越卑微的事物和题材时，我的诗就越明晰而快乐。"这些诗印证了他在一九七一年诺贝尔文学奖得奖致辞中所说的："最好的诗人就是给我们日常面包的诗人。"在一首诗里他曾如是描述他心目中未来文学的风貌：

又一次
有雪或者有青苔
能让那些脚印
或眼睛
去镌刻

他们的足迹。

换句话说，他肯定未来的诗歌会再一次和人类生命紧密相连。我们此时所看到的聂鲁达已不再疏离、孤寂了，他将自己投到工作、活动之中，这些诗中所流露的对生命、对事物的喜悦正是最好的说明。

即使聂鲁达如是强调诗的社会性，他却一点也不限制自己写作的范围。他个人的经历和私密的情感生活一直是他写作的重要题材，在《狂想集》(*Estravagario*, 1958)中的一些诗里(如《美人鱼与醉汉的寓言》)，他更应用了神话与寓言。一九五二年，他在那不勒斯匿名出版了《船长的诗》(*Versos del capitan*)，这是他对玛蒂尔德·乌鲁蒂亚(Matilde Urrutia)的爱情告白，直到一九六二年他才承认自己是作者。一九五五年，他娶乌鲁蒂亚为妻，一九五九年出版《一百首爱的十四行诗》(*Cien sonetos de amor*)，献给妻子。之后，他的诗歌又继续经历另一次蜕变。他把触角伸入自然、海洋以及他们所居住的黑岛(Isla Negra)，像倦游的浪子，他寻求歇脚的地方，企图和自然世界达成某种宗教式的契合，《智利之石》(*Las piedras de Chile*, 1961)、《典礼之歌》(*Cantos ceremoniales*, 1961)、《黑岛的回忆》(*Memorial de Isla Negra*, 1964)、《鸟之书》(*Arte de pajaros*, 1966)、《沙上的房子》(*Una casa en la arena*, 1966)、《白日的手》(*Las manos del dia*, 1968)和《世界尽头》(*Fin de mundo*, 1969)等诗集相继出版。在这些二十世纪六十年代的诗作里,聂鲁达探寻自然的神秘,从一石一木中汲取奇异神圣的灵感。在他看来,一块石头不仅仅供人建筑之用,它是神秘、空灵的物质,述说着一个不为人知的宇宙。他不想为所有的事物定名,他希望所有的事物能够混合为一,重新创造出更新的生命:

> 我有心弄混事物,
> 结合他们,令他们重生,
> 混合他们,解脱他们,
> 直到世界上所有的光
> 像海洋一般地圆一,
> 一种慷慨、硕大的完整,
> 一种爆裂、活生生的芬芳。
>
> ——《太多名字》

虽然聂鲁达晚年并没有停止创作他政治和历史性的诗作,但在写作"自然诗"的同时,他似乎也有某种回归自己根源的渴望。聂鲁达一度把自己比喻成在时间水流中行船的船夫,而在晚年不时瞥见自己在死亡的海洋中航行,因此把一九六七年出版的一本选集命名为《船歌》(*La barcarola*),追述一生的际遇,他的漂泊、政治生涯诸般愉快之事。他优雅平和地吟唱自己的天鹅之歌,然而很不幸地,他的死亡并不曾如他诗中所绘见的那般平和。一九七三年,当他卧病黑岛时,智利内乱的火焰正炽烈。九月二十三日,聂鲁达就在这种内外交攻的苦痛下病逝于圣地亚哥的医院,他在圣地亚哥的家被暴民闯入,许多书籍、文件被无情地摧毁。

聂鲁达死后,八本诗集陆续出版:《海与铃》(*El mar y las campanas*, 1973),《分离的玫瑰》(*La rosa separada*, 1973),《冬日花园》(*Jardín de invierno*, 1974),《黄色的心》(*El córazon amarillo*, 1974),《二〇〇〇》(1974),《疑问集》(*Libro de las preguntas*, 1974),《哀歌》(*Elegía*, 1974)以及《精选的缺陷》(*Defectos escogidos*, 1974)。在这些晚年的诗作里,我们看到了两个聂鲁达:一个是二十世纪五十年代情感丰沛、积极乐观的聂鲁达,用充满自信的洪亮声音对我们说话;另一个是充分感知生命将尽的"夕阳下的老人",对孤寂、时间发出喟叹,并且企图拦阻历史的洪流以及生命流逝的轨迹。从诗集《在我们心中的西班牙》(*España en el corazón*, 1938)以来,即不断发出怒吼、谴责前辈诗人只知耽溺于自我的这位民众诗人,如今也让他的诗迎向亲密的自我,迎向沉默的孤独,迎向神秘之浪不可思议的拍击。这是一项回归,终极的回归,回到老家,回到自我的老屋:

> 有一个人回到自我,像回到一间
> 有铁钉和裂缝的老屋,是的
> 回到厌倦了自我的自我,
> 仿佛厌倦一套千疮百孔的破旧衣服,
> 企图裸身行走于雨中……

这些"回到自我"的诗作可视为聂鲁达个人的日记。他向内省视自己，自己的现在和过去，以及等候着他的不确定的未来；他发觉到有许多是他所爱的，许多是可叹而欲弃绝的，有光，也有阴影，但总有足够的奇妙力量得以抵抗阴影，维持宁静之希望。聂鲁达仿佛一位先知，一位年老的哲人，思索人类生存的意义，人类在宇宙中的地位，以及生命永恒的问题。这些诗作，让我们看到了聂鲁达忧郁哀伤的一面，捕捉到诗人更完整的面貌。

《海与铃》中另一首《原谅我，如果我眼中》，聚合了聂鲁达晚年诗作的几个重要主题：孤寂是不可剥夺的权利，大海是隐秘自我的象征，死亡是另一种谐和。这是一首和大海之歌相应和的"沉没的歌"。从这些主题，我们又可衍生出第四个主题——寂静。年轻时慷慨激昂、大声疾呼的诗人，而今以寂静的语言向世界诉说，要我们"聆听无声之音"，"细察不存在的事物"。晚年的聂鲁达将语言溶解成寂静，用否定语言来实现语言。

此种"消极能力"同样见诸《疑问集》。这本诗集收集了四百个追索造物之谜的疑问；诗人并不曾对这些奥秘提出解答，但他仍然在某些问题里埋下了沉默的答案的种子："死亡到最后难道不是／一个无尽的厨房吗？""你的毁灭会熔进／另一个声音或另一道光中吗？""你的虫蛆会成为狗或／蝴蝶的一部分吗？"死与生同是构成生命厨房的重要材料。聂鲁达自死亡见新生的可能，一如他在孤寂阴郁的冬日花园看到新的春季，复苏的根。通过孤独，诗人再一次回到自我，回到巨大的寂静，并且察知死亡即是再生，而自己是大自然生生不息的周期的一部分。

有论者认为："聂鲁达在人生的最后四十年，拜写诗之赐，让自己成了危险人物。……他将诗视为一种兼具个人与社会责任的道德行为。"但在他晚年的诗作里，我们不时看到一个恣意展现戏谑与玩世不恭态度的聂鲁达，不管写作的是颂歌、寓言、情诗、哀歌或自嘲之诗，强烈的即兴色彩鲜明在焉——《情歌》《要让你烦的悲伤的歌》《大尿尿者》等诗即是显例。唱出"洗脑歌"式空洞而"呆呆的"情歌以及绕口令式《要让你烦的悲伤的歌》的聂鲁达，和《一百首爱的十四行诗》里深情款款的聂鲁达很不一样；抛下一句"再见！打声招呼后我要到／一个不会对我发问的国家"，将读者带入"大尿尿者所指为何"的困惑之中，自己却一走了之的聂鲁达，和以童真又诚挚的口吻邀请读者欢喜地进入《疑问集》的聂鲁达，判若两人。不一样的聂鲁达，不一样风格的诗作，对喜欢聂鲁达的读者而言，是不一样的享受。

聂鲁达死后五十年间，许多讨论他作品的论文和书籍相继问世。毫无疑问，他对二十世纪、二十一世纪世界文学的影响力历久不衰。他的诗作所蕴含的活力和深度仍具有强烈的爆发力，将持续成为后世读者取之不尽的智慧和喜悦的泉源。聂鲁达说："文字和印刷术未发明之前，诗歌即已活跃大地，这即是为什么我们知道诗歌就像面包一样，理应为众人所享——学者和农人，不可思议而且绝不寻常的人类大家族。"的确，这位诗作质量俱丰的拉丁美洲大诗人，在死后半个世纪仍源源不断地供给我们像面包和水一样的诗的质素。在他的回忆录里，他曾说可爱的语字是浪花，是丝线，是金属，是露珠；它们光洁如象牙，芳香若花草，像鲜果，海藻，玛瑙，橄榄。读他的诗我们感觉自己又重新回归生命最质朴的天地，跟着人类的梦想和情爱一同呼吸，一同歌唱。

*

这本《我的灵魂是日落时分空无一人的旋转木马》收录聂鲁达各阶段诗作一百二十多首，是四十多年来我们译介聂鲁达诗歌的辛苦小结晶，有些诗作在这次选集里，我们提供了新译，希望跟历久弥新的聂鲁达的诗一样，依然能"翻"生出一些新趣味。《我的灵魂是日落时分空无一人的旋转木马》一书叙述了聂鲁达一生对世界的爱、对自然的爱、对孤寂与死亡的沉思，可谓一阙绵绵不断，对诗、对所爱的人以及大地与生活的深情恋歌……

陈黎、张芬龄
2023 年 3 月　台湾花莲

霞光集

(1920—1923)

香 袭

紫丁香的
芬芳……

我遥远童年明澈的黄昏
如平静的水流般流动着。

而后一条手帕在远处颤抖。
丝绸的天空下闪烁的星星。

再无其他。漫长的流浪中疲惫的脚
以及一种痛感,一种咬住不放、不断加剧的痛感。

……在远处,钟声,歌声,悲伤,渴望,
眼瞳如此柔美的少女们。

紫丁香的
芬芳……

爱

女人,我本该是你的孩子,啜饮
你乳房之井涌出的奶,
看着你、感觉到你在我身旁,听着你
金黄的笑声与水晶般的声音。

感觉你在我的血脉中像上帝在河中,
在悲伤的尘土与石灰之骨里崇拜你,
看着你无痛苦地经过
自洗尽一切邪恶的诗节中升起。

我多么地爱你啊,女人,多么地
爱你,前所未有,无人能比!
虽死然而
更加爱你。
更加
更加地
　　爱你。

屋顶上的黄昏
　　（极慢板）

屋顶上的黄昏

落下来

又落下来……

谁给他鸟翅

让他来到？

而这满溢一切的

　　　　寂静，

究从哪个星星的国度

　　　　独自来到此？

而何以天会黑

　　　——颤抖的羽毛——

雨的亲吻

　　　——极有感——

坠成沉默——直到永远——

　　　淹覆我的生命？

如果上帝在我诗里

我的狗啊,
如果上帝在我诗里,
我就是上帝。

如果上帝在你忧伤的眼里,
你就是上帝。

在我们这无边无际的世界
无人会跪在你我眼前!

我的灵魂

我的灵魂是日落时分空无一人的旋转木马。

告 别

1
自你的深处,双膝下跪,
一个与我相仿的悲伤小孩注视着我们。

因为那将在他血脉里燃烧的生命
会让我们的生命紧紧相系。

因为他那双手,生自你双手,
将会摧毁我的手。

因为他洞开于尘世的双眼
有一天我将见泪光在你眼眸闪烁。

2
亲爱的,我不要他。

这样就没有任何事物束缚我们,
这样我们之间再无任何瓜葛。

既无芬芳你口的甜言,

也无不忍说出的话语。

既无未曾共享的爱之节庆,
也无在窗边你幽幽的啜泣。

      3
(我爱水手们那吻后
便一走了之的爱情。

他们留下诺言。
他们从未回来。

每个港口都有个女人等候:
水手们吻后便一走了之。

某一夜他们与死亡交颈共眠
在海的床上。

      4
我爱那可以三分为
吻,床笫和面包的爱情。

爱,可以天长地久,

也可能转瞬即逝。

爱,渴望自由,
以便再爱。

爱,可能日趋神圣,
也可能与神圣背道而驰。)

5

我的眼不再迷恋你的眼,
我的苦不再因你贴近而减轻。

但无论我浪迹何方,我带着你的眼神,
而无论你身在何处,我的苦随你同行。

我曾属你,你曾属我。此外呢?我们曾一起
让直路转弯,送走了爱情。

我曾属你,你曾属我。你将属你新欢所有,
他将在你的果园收获我播种之物。

我将别。我心悲:啊,我无时无刻不悲。
我别你怀抱。不知何往。

……有个小孩自你心中跟我说再见。
而我向他道别。

二十首情诗和一首绝望的歌

(1923—1924)

(1) 女人的身体

女人的身体,白色的山丘,白色的大腿,
你委身于我的姿态就像这世界。
我粗犷的农人的身体挖掘着你,
并且让儿子自大地深处跃出。

我曾孤单如隧道。群鸟飞离我身,
而夜以其强大的侵袭攻占了我。
为了存活,我锻造你如一件武器,
如我弓上之箭,如我弹弓上的石头。

但报复的时刻已到临,而我爱你。肌肤的
身体,苔藓的身体,贪婪而坚实之奶汁的身体。
啊,乳房之杯!啊,迷离的双眼!
啊,阴部的玫瑰!啊,你缓慢而悲哀的声音!

我的女人的身体,我将固守你的美。
我的渴望,我无尽的苦恼,我游移不定的路!
流动着永恒渴望,继之以疲惫,
继之以无穷苦痛的黑暗的河床。

(10) 我们甚至失去了

我们甚至失去了这片暮色。
今天下午没有人看见我们手牵手
当蓝色的夜降落世上。

从我的窗户我看见
远处山上西天的狂欢会。

有时像一枚钱币
一片太阳在我两手间燃烧。

我忆起你,我的心被你
所熟知的我那悲伤所挤压。

那时,你在哪里?
在哪些人中间?
在说些什么?
为什么全部的爱会突临我身
当我正心伤,觉得你遥不可及?

薄暮时分惯读的那本书掉落地上,
我的披风像一条受伤的狗在我脚边滚动。

你总是，总是在下午离去
走向薄暮边跑边抹暗雕像的地方。

（14）每日你与宇宙的光

每日你与宇宙的光一同游戏。
微妙的访客，你来到花中、水中。
你不只是每日被我当成一束花
紧捧在手中的这颗洁白娇小的头。

没有人能与你相比，从我爱你的那一刻开始。
容我将你伸展于黄色的花环间。
是谁用烟的字母把你的名字写在南方的星辰间？
噢，容我忆起未存在之前的你。

风突然怒号，击打我紧闭的窗。
天空是一张大网，挤满了阴影的鱼群。
所有的风在这里先后释放，所有的风。
雨脱光衣服。

鸟惊慌而逃。
风啊。风啊。
我只能与人类的力量争斗。
风暴卷起黑叶，
放走所有昨夜停泊在天空的小船。

你在这里。啊,你并不逃开。
你将回答我的呼喊直到最后一声。
依偎在我身旁,仿佛你心里害怕。
然而一道奇怪的阴影一度掠过你的眼睛。

如今,小亲亲,如今你也把忍冬花带给我,
连你的乳房也散发着香气。
而当悲伤的风四处屠杀蝴蝶,
我爱你,我的快乐咬着你李子般的唇。

适应我不知叫你吃了多少苦头,
我那孤独而野蛮的灵魂,我那让众人惊逃的名字。
无数次我们共看晨星燃烧,亲吻我们的眼睛,
看霞光在我们头上展开如一只只旋转的扇子。

我的话语淋在你的身上,抚摸着你。
有多么久啊,我爱你珍珠母般光亮的身体。
我甚至相信你拥有整个宇宙。
我要从山上带给你快乐的花朵,带给你钟形花,
黑榛实,以及一篮篮野生的吻。
我要和你做
春天对樱桃树做的事。

译注:智利钟形花(copihue),智利国花。花红色,偶尔也开白花。

(20) 今夜我可以写出

今夜我可以写出最哀伤的诗篇。

写,譬如说,"夜缀满繁星,
那些星,灿蓝,在远处颤抖。"

晚风在天空中回旋歌唱。

今夜我可以写出最哀伤的诗篇。
我爱她,而有时候她也爱我。

在许多仿佛此刻的夜里我拥她入怀。
在无尽的天空下一遍一遍地吻她。

她爱我,而有时候我也爱她。
你怎能不爱她专注的大眼睛?

今夜我可以写出最哀伤的诗篇。
想到不能拥有她。感到已经失去她。

听到那辽阔的夜,因她不在更加辽阔。
诗遂滴落心灵,如露珠滴落草原。

我的爱不能叫她留下又何妨?
夜缀满繁星而她离我远去。

都过去了。在远处有人歌唱。在远处。
我的心不甘就此失去她。

我的目光搜寻着仿佛要将她钩回。
我的心在找她,而她离我远去。

相同的夜漂白着相同的树。
昔日的我们如今已截然两样。

我确然已不再爱她,但我曾经多爱她啊。
我的声音试着借风探触她的听觉。

别人的。她就将是别人的了。一如我过去的吻。
她的声音,她明亮的身体。她深邃的眼睛。

如今我确已不再爱她。但也许我仍爱着她。
爱是这么短,遗忘是这么长。

因为在许多仿佛此刻的夜里我拥她入怀,
我的心不甘就此失去她。

即令这是她带给我的最后的痛苦,

而这些是我为她写的最后的诗篇。

译注:在电影《邮差》(*Il Postino*)的原声带中,我们可以听到影星安迪·加西亚(Andy Garcia)朗诵此诗。

绝望的歌

对你的记忆从我所在的这夜晚浮现。
河流以其顽固的悲叹与海系在一起。

像黎明的码头般被遗弃。
这是离去的时刻,噢,被遗弃者!

冰冷的花冠雨点般落在我的心上。
噢,废料的底舱,溺水者残酷的洞穴。

你的身上堆积着战争与飞行。
从你的身上鸣禽的翅膀竖起。

你吞下一切,仿佛远方。
仿佛海,仿佛时间。一切在你身上沉没!

那是攻击与吻的快乐时刻。
辉耀如灯塔的令人惊呆的时刻。

掌舵者的焦虑,盲眼潜水者的愤怒,
爱的骚乱痴迷,一切在你身上沉没!

在雾的童年展翅而受伤的我的灵魂。
迷失的探险者,一切在你身上沉没!

你与痛苦纠缠,你紧握欲望不放。
悲伤将你击倒,一切在你身上沉没!

我令阴影之墙后退,
我前进,超越欲望与行动。

噢肉,我的肉,我爱过又失去的女人,
在这潮湿的时刻,我召唤你并为你歌唱。

如同一个杯子,你盛着无尽的温柔,
而无尽的遗忘打碎你如同一个杯子。

那是岛屿黑色,黑色的孤独,
而在那里,爱恋的女人,你的双臂收容了我。

那是渴和饥饿,而你是水果。
那是忧伤与废墟,而你是奇迹。

啊女人,我不知道你怎能将我包容
在你灵魂的土地,在你双臂的十字架!

我对你的欲望何其可怕而短暂,

何其混乱而醉迷，何其紧张又贪婪。

众吻的坟场，你的墓中依然有火，
累累的果实依然燃烧，被鸟群啄食。

噢，被咬过的嘴巴，噢，被吻过的肢体，
噢，饥饿的牙齿，噢，交缠的身躯。

噢，希望与力气疯狂的交合，
我们在其间结合而又绝望。

而那温柔，轻如水，如面粉。
而那话语，在唇间欲言又止。

这是我的命运，我的渴望在那里航行，
我的渴望在那里坠落，一切在你身上沉没！

噢，废料的底舱，一切在你身上坠落，
什么痛苦你没说过，什么痛苦没淹过你！

从浪巅到浪巅，你依然火苗四冒，歌唱。
像一名挺立船首的水手。

你依然在歌声中开花，依然破浪而行。
噢，废料的底舱，敞开而苦味的井。

苍白盲眼的潜水者，不幸的弹弓手，
迷失的探险者，一切在你身上沉没！

这是离去的时刻，艰苦而冰冷的时刻
夜将之固定于所有时刻表。

海喧闹的腰带缠绕着海岸。
寒星涌现，黑色的鸟在迁徙。

像黎明的码头般被遗弃。
只剩颤抖的影子在我手中扭动。

啊，超越一切。啊，超越一切。

这是离去的时刻。噢，被遗弃者！

地上的居住

(1925—1945)

阿都尼克格的安琪拉

今天我躺在一位纯真姑娘身旁,
仿佛躺在白色海洋的岸边,
仿佛置身悠悠太空一颗
　　燃烧的星中央。

自她悠长绿色的凝视里
光线落下如干燥的水,
形成透明深刻的圆圈,
　　充满鲜活力量。

她的乳房有如两团烈火
燃烧在两个高突的地带,
经由双重小溪流抵她
　　大而明亮的脚。

金黄的气候刚使她
身体白昼的经度成熟,
就让其布满累累的果实
　　以及隐藏的火。

译注：此诗每节以五或六音节的"阿都尼克格"（adonic，或译"阿多尼斯体"）诗行终结。在电影《邮差》的原声带中，我们可以听到影星威廉·达福（Willem Dafoe）朗诵此诗。

独身的绅士

年轻的同性恋男子和多情的女子,
患了失眠症长年守寡的妇人,
怀了三十个钟头身孕的年轻妻子
以及在黑暗中走过我花园的嘶哑的猫们,
像一串颤动的色情牡蛎编结而成的项链
他们环绕着我单身的寓所,
像坚强的敌军和我的灵魂作对,
像穿着睡衣的谋叛者
奉命交换持久且深厚的亲吻。

灿烂的夏引导恋人们
编列成统一而忧郁的军团,
由胖、瘦、悲、喜的配偶组成:
在高雅的椰子树底下,在海洋和月亮的旁边,
裤子和裙子的生活延续着,
抚摸丝袜的窸窣声,
以及闪烁如眼眸的女人的胸脯。

那个小职员,经过好一段时间,
经过一星期的枯燥,晚上在床上看完小说之后,
终于引诱了他的邻居,

带她去看悲戚的电影,
男主角不是小伙子就是热情的王子,
而他用热情、潮湿带有烟味的双手
抚摸她柔毛覆盖的双腿。

诱奸者的黄昏和夫妻的夜晚
连合成两件被褥埋葬我:
午餐之后,年轻的男学生
和年轻的女学生和牧师各自手淫,
动物径相通奸,
蜜蜂发出血腥味,苍蝇愠怒地作响,
堂兄弟和堂姊妹玩着奇异的游戏,
医生狂怒地瞪着年轻病人的丈夫,
早晨的时候教授心不在焉地
履行他的婚姻义务并且吃着早餐,
此外,通奸者在高大、广阔如轮船的床上
用真诚的爱相爱着:
真确而永恒地
这纠缠、呼吸的大森林包围我,
它巨大的花朵像口和齿,
它黑色的根像指甲和鞋子。

我俩一起

在阳光下或夜色中,你都是那么纯粹,
你的白色眼窝如此得意、恣意,
你的面包酥胸,气候带的高地,
你的黑树头冠,惹人怜爱,
你孤兽的鼻子,野绵羊的鼻子,
闻起来像阴影,像鲁莽专横的逃逸。
现在我的双手是何等华丽的武器啊,
骨头刀刃和百合指甲多么相配啊,
我面容的情态和我灵魂的租处
恰是大地活力核心之所在。

何其纯粹啊,我那感化夜的目光,
自乌黑的眼睛与凶猛的驱策坠落,
我那有着孪生双腿的对称的雕像
每日清晨向潮湿的星辰飞升,
我那遭流放的嘴咬食肉和葡萄,
我阳刚的臂膀,我刺青的胸膛
长出锡翼般的汗毛,
我白色的脸庞为深沉的太阳而生,
我头发由仪式做成,由黑色矿物,
我的额头如重击或道路般具穿透力,

我成熟人子的肌肤，正为耕作而生，
我饶富情趣的眼睛，是迅捷婚姻之眼，
我的舌是堤岸与船舰的温柔朋友，
我的牙像白色钟面，条理分明彰显公正，
我额头的肌肤是冰冷的空无，
在我背后还原，而后飞到我的眼睑，
因我最深邃的刺激再度折起，
朝我指间、下颌骨以及
我丰美双脚里的玫瑰生长。

而你仿如一整个月的星星，仿如持久专注的吻，
仿如羽翼的结构，或初秋，
女孩，我的支柱，我心爱的人儿，
光在你金黄如牛的大眼睑下
铺床，圆嘟嘟的鸽子
频频在你体内筑白色的巢。

以浪的铸块与白色钳子构成，
你的活力如愤怒的苹果般无限伸延，
颤动的木桶，你的胃在其中聆听，
你的双手，面粉和天空的女儿。

你像极了最绵长的吻，
其恒久的震颤持续滋养你，
而其炭火的力道，其激昂旗帜的力道，

在你的领土内搏动，不停震颤攀升，
你的头随而消瘦成发，
它斗士的形象，它干了的圈环，
突然崩塌成一丝丝的线，
仿佛剑的锋刃或烟的余绪。

我双腿的仪式

我久久凝视我那双长腿,
以无穷又好奇的温柔,以我惯常的热情,
仿佛那是绝美女子的双腿
深陷于我胸膛的深渊:
而老实说,当时间,当时间经过
大地之上、屋顶之上,经过我不洁的脑袋之上,
当它经过,时间经过,夜里我在床铺上感受不到有女子
　在呼吸,裸睡于我身旁,
随后诡异、暗黑之物取代了她的缺席,
放荡、忧郁的思绪
在我卧室播下诸多沉重的可能,
因此,我如是注视我的双腿,仿佛它们隶属另一个身体,
却又牢固而温柔地紧贴着我的心房。

宛如植物的茎干或阴柔、可爱之物,
它们自膝部向上延伸,圆滚浑厚,
以骚动但密实的生存材质:
宛如女神野蛮壮硕的臂膀,
宛如怪异地装扮成人类的树木,
宛如焦渴又宁静的致命的巨唇,
它们在那儿——我身体的最棒部位:

全然物质的部位,没有感官或气管
或肠道或淋巴结这类复杂的内容:
只是我自身纯粹、甜美而厚实的部位,
只是形式和体积的存在,
却以完整的方式守护着生命。

现今人们熙熙攘攘穿行世间
几乎不记得自己拥有身体且生命就在其中,
这世界存有恐惧,对为身体定名的字眼存有恐惧,
却善意地为衣服美言,
会谈论裤子,谈论西装,
谈论女性内衣(谈论"蕾黛丝"长袜和袜带),
宛如街上全是空荡荡、轻飘飘的衣物和服装,
而整个世界被一座阴暗又淫秽的衣帽间所占据。

服装有其存在方式:颜色,样式,设计,
在我们的神话里久占有一席之地,非同小可,
世上有太多家具,有太多房间,
而我的身体颓丧地寄居于如此多东西之间与之下,
深感被奴役、被上了枷锁。

嗯,我的膝盖,宛如结,
私有的,机能的,一目了然,
利落地把我的腿分成两截:
的确,两个不同世界、两种不同性别间的

差异也不及我双腿上下两截间的差异。

由膝盖到脚,一个坚硬的形体
显现——矿物般,冷静实用——
是骨头与坚毅构成的创造物,
脚踝的意图昭然,
精确性与必然性是归根结底的配备。

不性感,短而硬,且阳刚,
我的双腿就在那儿,配有
团团肌肉如不同动物互补,
也具有生命,一个坚实、微妙、敏锐的生命,
不颤不抖地坚守着,伺机而动。

在我怕痒、
坚硬如太阳、绽放如花朵的脚——
空间的灰色战争中
不屈不挠、辉煌的士兵——
一切将告终,生命归根结底将终结于我的双脚,
异国与敌意之事物自那儿开启:
世界的诸般名称,边疆与远方,
我的心容不下的名词和形容词
以顽强、冷静的坚定意志在那里诞生。

始终如此,

加工品，袜子，鞋子，
或者单单无穷无尽的空气，
将我的脚与大地隔离开，
凸显我存在之疏离与孤寂，
某样顽强介入我生命与大地间的东西，
某样公然而无法克服的敌意。

鳏夫的探戈

哦冤家,你现在一定已发现了那封信,
你一定已侮辱了我母亲的记忆,
咒骂她为腐朽的母狗和狗娘,
你一定又在黄昏独自,独自一人喝着下午茶,
两眼盯着我那双早已不穿的旧皮鞋,
一想起我的病痛,我的噩梦,我的三餐,
你一定又高声诅咒,好像我就在那里
埋怨热带气候,埋怨笨拙的苦力,
埋怨那害我受苦的烦人高热,
以及我始终痛恨的丑陋的英国人。

冤家,哦,多么难挨的夜晚,多么寂寞的大地!
我又一次回到寂寥的卧房,
在餐馆里吃冰冷的午餐,又一次
我把裤子和衬衣抛落一地,
我的房里没有挂衣的吊钩,墙上没有任何人的照片。
我多么愿意用我灵魂中的阴影去换取你的归来,
每一个月份的名称威胁着我,
而冬天这个字眼多像哀伤的鼓声。

以后你将会在那株椰子树旁找到那把

我唯恐你杀害而将之藏起的刀子，
现在我突然很想嗅一嗅它那钢制厨具的味道——
它习惯你手的重量和脚的光泽：
在潮湿的泥土下，在失聪的根部之间，
在所有人类的语言之中，这可怜虫只认识你的名字，
而厚积的泥土不能理解你那
用不可解的神圣质地所构成的姓名。
正如想起你双腿间清澈的白昼——
安放如寂静冷酷的太阳之水，
想起你眼中安睡飞翔的燕子，
想起你心中狂怒的疯狗令我心痛，
我也看到了今后横在我们中间的无数个死亡，
我从空气中呼吸灰烬和毁灭，
永远环绕我狭长，孤寂的空间。

我愿意用这巨大的海风去交换你那
随着马皮鞭的抽打声而涌现的嘶哑的呼吸——
在许多个漫长的夜晚我聆听而不能忘怀。
为了听，在后屋里，你那
滴落如瘦小，颤抖，银色，执着的蜂蜜的撒尿声，
我愿意千百次放弃我所拥有的阴影合唱队，
我内心听到的无补于事的剑击嘈杂声，
以及独坐于我眉间的血鸽——
它呼唤着逝去的事物，逝去的事物，
那不可分离却又失落的质素。

译注：聂鲁达此诗写给其缅甸时期的情人布莉斯（Josie Bliss）。"鳏夫"一词在此只是比喻——一个孤独的男子，弃暴力情人而去，又难舍用以治疗内心孤寂的床笫之欢。

带着悲叹的颂歌

噢玫瑰花间的女孩,噢鸽子的压力,
噢鱼群与玫瑰丛的要塞,
你的灵魂如瓶子,装满渴望之盐,
而你的肌肤是一座长满葡萄的钟。

遗憾我没什么可以给你,除了指甲,
或睫毛,或已融化的钢琴,
或从我心田进出的梦境,
黑衣骑士策马奔驰般尘土飞扬的梦境,
充满速度与不幸的梦境。

我只能用吻和罂粟花来爱你,
用被雨水打湿的花冠,
一边望着灰马与黄狗。
我只能用我背后的浪花来爱你,
在硫黄慵懒的冲击和沉思的水域间,
我逆游而上,经过漂流于河中的墓园,
经过被坟头悲哀的灰泥喂养的湿牧草,
我穿游过淹没于水中的心
以及未安葬之孩童的苍白名册。

在我废弃的热情与忧伤的吻里
有许多死亡，许多葬礼，
水落在我的头上，
当我头发渐长，
时间般的水，去锁链而出的黑水，
伴着夜之声，伴着雨中
鸟鸣，伴着为保护我的骨头
而弄湿羽翼的无尽阴影：
在我穿衣时，在我
无止尽地对镜、对窗玻璃自盼时，
我听到有人唤我，以阵阵啜泣，
以一种被时间腐化的哀伤之音。

你立于大地上，满是
牙齿和闪电。
你散播吻，杀死蚂蚁。
你哭泣，为健康，为洋葱，为蜜蜂，
为燃烧的字母表。
你像一把蓝中带绿的剑，
因我的一触，蜿蜒如河流。

请来我披白衣的心里，带着一束
染血的玫瑰和灰烬制成的几个高脚杯，
带着一颗苹果和一匹马，
因为那儿有一个阴暗的房间，一座残破的烛台，

几张等候着冬天的变形的椅子，
以及一只死鸽，被编了号码。

四处走走

我恰巧厌倦了人的生活。
我恰巧走进裁缝店和电影院,
萎缩,无解,像毛毡制成的天鹅
在根源与灰烬的水中航行。

理发店的气味使我号哭,
我只想要石头或羊毛的休憩,
我只想不再看到建筑物或花园,
不再看到商品,眼睛或电梯。

我恰巧厌倦了我的双脚和指甲
以及我的头发,我的影子。
我恰巧厌倦了人的生活。

但那将是赏心悦目的,
用一朵剪下的百合花去惊吓公证人
或用一记耳光把尼姑打死。
那将是可爱的,
带着一把绿色的刀子穿过街上
并且大叫,直到我冻死。

我不想继续做黑暗中的根,
踌躇,外伸,困得颤抖,
下垂,在大地湿透的内脏里,
专注,冥想,每日进食。

我不想给自己太多的厄运,
我不想继续做根和坟墓,
孤寂的地下隧道,尸体满布的地窖,
僵冷,沮丧而死。

那就是为什么看到我带着监狱的脸来到时,
星期一燃烧如石油,
并且在运行时大叫如一只受伤的轮子,
朝着夜晚迈出热血的步伐。

它将我挤往某些角落,挤进某些潮湿的屋内,
挤进骨头凸出窗外的医院。
挤进某些带有酸醋味道的补鞋店,
挤进惊慌如缝隙的街道。

那儿有琉璃色的鸟和恐怖的肠子
悬挂在我所憎恶的房门上,
那儿有假牙被遗忘在咖啡壶里,
那儿有本该因
羞耻和惊吓而哭泣的镜子,

那儿到处是伞，监狱以及肚脐。

我带着冷静，带着眼睛，带着鞋子四处走动，
带着愤怒，带着遗忘，
我走过，跨经办公室和整形用具商店，
以及铁丝上悬吊着衣服的天井：
内裤，毛巾和衬衫——滴下
缓慢，污秽的泪水。

译注：在电影《邮差》的原声带中，我们可以听到影星塞缪尔·杰克逊（Samuel L. Jackson）朗诵此诗。

无法遗忘（奏鸣曲）

如果你问我上哪儿去了,
我必得说"事情发生了"。
我必得提及路石模糊的地面
以及始终自我毁灭的河流:
我只知道鸟儿丢失的事物,
被抛在脑后的大海,以及我姊姊的哭泣。
为什么有那么多的地区,为什么一天
紧接着另一天? 为什么漆黑的夜晚
在口中堆积? 为什么有人死去?
如果你问我打哪儿来,我必得和破碎的事物交谈,
和苦涩的器皿,
和腐烂的巨兽,
以及我受创的心。

那些跨过我思绪的不是记忆,
也不是在我们遗忘中熟睡的黄鸽,
而是带泪的脸孔,
探入喉头的手指
以及自树叶中掉落的:
被我们忧伤的血液滋养的岁月——
那逝去的岁月它的黑暗。

这里有紫罗兰，燕子，
每样令我们愉悦、出现在
甜蜜精美的卡片上的事物——
时间和甘美漫步其间。

但让我们不要再去探索齿后的一切，
不要再去啃啮寂静堆筑起来的外壳，
因为我不知道该如何回答：
有那么多的死者，
有那么多被红日割裂的堤防，
有那么多碰撞船身的头颅，
有那么多将吻围封住的手，
以及那么多我想遗忘的事物。

天上的溺水女子

编织出的蝴蝶,垂挂在
树上的衣裳,
浸没于天空中,随狂风
暴雨转向,孤单,孤单,被压得紧且密,
衣衫头发褴褛,
中心被大气腐蚀。
　　　　　　动弹不得,如果你抵抗
冬日喧闹刺耳之针,
那不断骚扰你的怒水之河。天国
之影,被黑夜
碎裂于枯萎的花之间的鸽子的橄榄枝:
我驻足领受
当像缓慢而充满寒意的声音般
你散播你被水击打的红色光芒。

华尔兹

我碰触仇恨像每日的乳房,
我无休止地,从衣服到衣服,来到,
远远地睡着。

我不是,我一无是处,我不认识任何人,
我没有海洋或树林的武器,
我不住在这房子里。

我的嘴巴塞满夜与水。
持续的月亮决定
我没有什么。

我所有的是在波浪间。
水的闪光,自己的一日,
铁的底部。

没有反对之海,没有盾,没有衣服,
没有什么特别深不可测的解答,
或邪恶的眼皮。

我突然地活着,而其他时候我跟随着。

我突然地碰触一张脸而它谋杀我。
我没有时间。

不要找到我,接着拉回
惯用的凶暴的线或者
血淋淋的网。

不要叫我:那是我的职业。
不要问我的名字或身份。
让我留在自己的月亮当中,
在我负伤的岩层中。

在林中诞生

当稻米自大地抽回
它面粉的谷粒，
当麦子挺直它的小侧腹抬起它牵手的脸庞，
我动身前往男人与女人相拥的林荫，
为了一探那绵延持续的
无数的海。

我不是被携于潮水之上的工具的兄弟
就像置身挑衅的珍珠的摇篮里一般：
我不在即将死去的掠夺的疆域里颤抖，
我不被黑夜的重击所惊醒，
那被突发的嘶哑的铃舌所惊吓的黑夜，
我不会是，也不是旅游者——
在其鞋底最后的风屑悸动着，
而岁月的浪僵硬地回来死亡。

我手里捧着斜睡在种子上的鸽子，
在它石灰和血液浓稠的发酵中
住着八月，
住着从它深凹的高脚杯蒸馏出来的月份：
我用手环绕成长中的羽翼的新影：

明日将蔚成草丛的根和羽毛。

水滴巨大的凝聚,渴望睁开的眼皮——
绝不缩小,在残酷的阳台之旁,
在遗弃的海洋的冬天里,或者在我迟缓的步履中:
因为我是为诞生而诞生,为了接纳一切
接近的脚步,一切像一颗新的颤抖的心打在我胸口的事物。

生命像平行的鸽子在我的衣服旁休憩,
或者包容于我自身的存在与我不规则的声音里
为了回归到本体,为了紧握之夜落尽的空气,
握紧花冠上的泥土它潮湿的诞生:我必须
回归且存在多久?最深埋的花朵之芳香,
在高岩上捣碎的最精致的浪花之芳香——
它们必须在我的体内保存它们的家园多久
直到再度成为愤怒和芳香?

多久啊,雨中之林的手得用它
所有的针线亲近我
为了编织群叶高贵的吻?
 再一次
我倾听那烟中之火般的接近,
自大地的灰烬诞生,
充满花瓣的光:
 而太阳——将地

分割成麦穗的河流——到达我的嘴里

像一颗被埋葬又再度成为种子的古老的眼泪。

炮击／诅咒

明天，今天，在你的脚步里
一片寂静，一次希望之惊叹
仿佛一股大气：光，月亮，
疲倦的月亮，从手到手，
从铃到铃的月亮！
生我的母亲，硬
燕麦的拳头，
干瘪
而流血的英雄们的星球！
是谁？在路边，是谁，
是谁，是谁？在阴影里，在血中，是谁？
在微光中，是谁，
是谁？落下
灰烬落下，
铁
以及石头以及死亡以及啜泣以及火焰，
是谁，是谁，母亲，是谁，在哪儿？
千疮百孔的祖国啊，我发誓在你的灰烬里
你将复活如一朵永恒的水之花朵，
我发誓从你干渴的嘴中将长出
面包的花瓣，劈裂的

新生之花。诅咒,
诅咒,诅咒那些拿着斧头、毒蛇
侵入你土地的人,诅咒那些
等这一天来到好为
摩尔人与土匪打开家门的人:
你得到了什么?把灯,把灯拿来,
看看这湿透的土地,看看这被火焰吞噬的
黑小的骨头,被谋害的西班牙
她的外套。

传 统

在西班牙的夜晚,穿过古老的花园,
传统——沾满了死鼻涕,
溃脓和臭气喷涌——拖着一条
诡异虚幻的雾的尾巴漫步着,
身着哮喘病以及宽大、血迹斑斑的长礼服,
它的脸有着深陷、呆滞的眼睛,
仿佛绿色蛞蝓在吃着坟墓,
它无齿的嘴巴每夜咬啮
未诞生的穗,秘密的矿苗,
而它戴着绿蓟的冠冕走过,
撒播着死者模糊的骨头和匕首。

我述说一些事情

你们将会问,那些紫丁香都到哪里去了?
那些开着罂粟花的形而上学?
那些不断锤打你的语言
且给它们洞穴
与鸟的雨呢?

我要告诉你们发生在我身上的一切!

我住在马德里的
一个郊区,有铃声
有钟,有树。
在那儿你们可看见
西班牙瘦削的面孔
仿佛一汪皮革的海洋。
　　　　　我的房子被唤作
花之屋,因为它到处开着
天竺葵:那真是一间
漂亮的房子,
有着狗与孩童。
　　　　　你记得吗,拉兀尔?
你呢,拉斐尔?

    在九泉之下的费德里科啊,
你可记得,
你可记得在我房子的阳台上
六月的阳光把花朵溺毙在你的嘴里?
        兄弟啊,兄弟!
到处是
热闹的喧嚣声,商品的盐味,
隆起的跳动的面包堆,
在我们阿瓜列斯区的市场,它的铜像
是一座干涸的墨水池,在回旋的黑丝鳌中:
橄榄油流进长柄匙里,
脚与手
深沉的脉动涌向每一条街,
公尺,公升,敏锐的
生命度量衡,
    堆积如山的鱼,
映着冷冽阳光的屋顶的图织,在其上
风信鸡摇摇晃晃,
疯狂精致的马铃薯的象牙,
一波一波的番茄翻滚入海。

而有一天早晨,这一切都烧起来了,
有一天早晨,篝火
自地底迸出
吞噬着人民:

从那时起就是火,
从那时起就是枪弹,
啊,从那时起就是血,
带着飞机与摩尔人的盗匪,
带着戒指与女伯爵的盗匪,
带着念念有词的黑衣修士的盗匪,
他们穿梭过空中杀害儿童,
街道上儿童们的血单单纯纯地
流着,正像儿童的血!

连胡狼自己都鄙视的胡狼,
连干瘪的蓟都咬噬、唾弃的石头,
连毒蛇都憎恶的毒蛇!

就在你们的面前,我看到全西班牙的
血沸腾如潮水,
孤注一掷地要把你们溺死在
荣耀与刀叉的浪里!

卖国的
将军们:
注视着我的死屋,
注视着破裂的西班牙,
从每一间房子进出的是金属
而不是花,

从每一个西班牙的凹口

西班牙钻出来了,

而从每一个死去的孩童生出有眼睛的枪,

而从每一样罪恶生出子弹,

那子弹终有一天将找出你们的

心的靶眼!

你们将会问:你的诗为什么不告诉我们

梦或者树叶,不告诉我们

你家乡伟大的火山?

请来看街上的血吧!

请来看

街上的血,

请来看街上的

血!

译注:诗中的拉兀尔为阿根廷诗人杜农(Raúl González Tuñón);拉斐尔为西班牙诗人阿尔维蒂(Rafael Alberti);费德里科为西班牙诗人洛尔迦(Federico García Lorca)。皆为聂鲁达友人。

西班牙什么样子

西班牙又紧又干,是日间
声音昏暗的鼓,
平原和鹰巢,沉寂
如受鞭打的恶劣气候。

我多么爱你坚硬的土地,你卑微的面包,
你卑微的子民,爱到落泪,
爱到入魂,啊在我生命深处
那失落的花朵依然在——来自你
皱纹斑斑,在时间中静止的村庄,
以及你那在月色与光阴中
伸延的矿质的田野,
被一空洞的神吞噬。

你所有的结构,你的动物性
孤立,伴随着你的智慧——
被寂静的抽象石块所围绕,
你涩口的酒,你柔滑的
酒,你粗暴又
纤弱的葡萄藤。

太阳石,世间
纯粹之石,经过
鲜血和金属洗礼的西班牙,
集花瓣与枪弹于一身的
蓝色、胜利的无产者,你的
鲜活,慵懒,洪亮独一无二。

韦拉戈,卡拉斯科萨,
阿尔德雷特,布伊特拉戈,
帕伦西亚,阿尔甘达,加尔韦,
加拉帕加尔,比利亚尔瓦。

佩尼亚鲁维亚,塞德里利亚斯,
阿尔科塞尔,塔穆雷霍,
阿瓜杜尔塞,佩德雷拉,
丰特帕尔梅拉,科尔梅纳尔,塞普尔韦达。

卡尔卡布埃,丰卡连特,
利纳雷斯,索拉纳-德尔皮诺,
卡尔塞伦,阿拉托斯,
马奥拉,巴尔德甘加。

耶斯特,里奥帕尔,塞戈尔韦,
奥里韦拉,蒙塔尔沃,
阿尔卡拉斯,卡拉瓦卡,

阿尔门德拉莱霍,卡斯特洪-德莫内格罗斯。

滨河帕尔马,佩拉尔塔,
格兰纳德亚,金塔纳-
德拉塞雷纳,阿蒂恩萨,巴拉奥纳,
纳瓦尔莫拉尔,奥罗佩萨。

阿尔博雷亚,莫诺瓦尔,
阿尔曼萨,圣贝尼托,
莫拉塔利亚,蒙特萨,
托雷巴哈,阿尔德穆斯。

塞维科纳韦罗,塞维科-德拉托雷,
阿尔巴拉特德拉斯诺格拉斯,
哈瓦洛亚斯,特鲁埃尔,
坎波罗夫莱斯,拉阿尔韦卡。

波索阿马尔戈,坎德莱达,
佩德罗涅拉斯,坎皮略-德阿尔托布埃,
洛兰卡德塔胡尼亚,穆赫尔穆埃塔镇,
托雷拉卡尔塞尔,哈蒂瓦,阿尔科伊。

奥班多镇,雷伊村,
贝洛拉加,布里韦加,
塞蒂纳,比利亚卡尼亚斯,帕洛马斯,

纳瓦尔坎,埃纳雷霍斯,阿尔瓦塔纳。

托雷东希梅诺,特拉斯帕加,
阿格拉蒙,克雷维连特,
波韦达德拉谢拉,佩德尔诺索,
辛卡河畔阿尔科莱阿,马塔利亚诺斯。

滨河本托萨,托梅斯河畔阿尔瓦,
奥尔卡霍-梅迪亚内罗,彼德拉伊塔,
明哥拉尼利亚,纳瓦莫昆德,纳瓦尔佩拉尔,
纳瓦尔卡内罗,纳瓦尔莫拉莱斯,霍尔克拉。

阿尔戈拉,托雷莫查,阿尔赫西亚,
奥霍斯内格罗斯,萨尔瓦卡涅特,乌铁尔,
拉古纳塞卡,卡尼亚马雷斯,萨洛里诺,
阿尔德阿克马达,杜罗河畔佩斯克拉德。

丰特奥韦胡纳,阿尔佩德雷特,
托雷洪,贝纳瓜西尔,
巴尔韦德-德胡卡尔,巴杨卡,
延德拉恩西纳,罗夫莱多-德查韦拉。

米尼奥加林多,奥萨德蒙铁尔,
门特里达,巴尔德佩尼亚斯,蒂塔瓜斯,
阿尔莫多瓦,赫斯塔尔加,巴尔德莫罗,

阿尔穆拉迭尔,奥尔加斯。

译注:本诗从第五节起,皆为西班牙镇名、村名。有些地名,意各有其指,譬如阿瓜杜尔塞(Aguadulce:甜水),丰特帕尔梅拉(Fuente Palmera:棕榈泉),科尔梅纳尔(Colmenar:蜂房),佩德雷拉(Pedrera:采石场),索拉纳-德尔皮诺(Solana del Pino:有松树的日光明亮之地),滨河帕尔马(Palma del Río:河之棕榈),金塔纳-德拉塞雷纳(Quintana de la Serena:夜露庄园),奥罗佩萨(Oropesa:金秤锤),拉阿尔韦卡(La Alberca:水池),波索阿马尔戈(Pozo Amargo:苦井),坎皮略-德阿尔托布埃(Campillo de Alto Buey:大牛之小田),穆赫尔穆埃塔镇(Puebla de la Mujer Muerta:死去之女子之村)——今名"谢拉镇"(Puebla de la Sierra:山区之村),托雷拉卡尔塞尔(Torre la Cárcel:狱塔),比利亚卡尼亚斯(Villacañas:芦竹镇),帕洛马斯(Palomas:鸽子),滨河本托萨(Ventosa del Río:河之通风口),奥尔卡霍-梅迪亚内罗(Horcajo Medianero:居中汇合处),彼德拉伊塔(Piedrahita:石头界标),托雷莫查(Torremocha:无尖顶的塔),奥霍斯内格罗斯(Ojos Negros:黑眼睛),拉古纳塞卡(Laguna Seca:干湖),阿尔德阿克马达(Aldea Quemada:被烧毁的村庄),丰特奥韦胡纳(Fuenteovejuna:羊泉),巴尔德莫罗(Valdemoro:摩尔人之谷地)……

给玻利瓦尔的歌

我们的父,你在地上,在水里,
在广邈且沉默的大气之中,
一切以你为名,父啊,在我们的居所:
甘蔗因你的名提升了甜度,
玻利瓦尔锡有了玻利瓦尔光泽,
玻利瓦尔鸟飞越玻利瓦尔火山
马铃薯,硝石,特殊的影子,
水流,磷石的矿脉,
我们的一切来自你熄灭的生命,
你的遗产是河川、平原、钟塔,
你的遗产是我们每日的面包,父啊。

你那英勇队长的瘦小尸骨
已凝为无穷扩张的金属形象,
你的手指突然破雪而出,
南方的渔人眼耳突然一亮,惊觉
你的微笑、你的声音在渔网内颤动。

我们在你心旁竖起的会是什么颜色的玫瑰?
红色的玫瑰才能牢记你的步伐。
是什么样的手才能触摸你的骨灰?

红色的手才能自你的骨灰中生出。
你死去的心的种子又是什么情状?
你生气蓬勃的心的种子是红色的。

这是今日你身边众手环绕的理由。
我的手握着另一只手,它又握着另一只,
又再握着另一只,直达这黑暗大陆的深处。
而你不认识的另一只手,啊玻利瓦尔,
也伸过来紧握你的手:
从特鲁埃尔,从马德里,从哈拉马河,从埃布罗河,
从监狱,从大气,从死去的西班牙人,
伸出来这只生自你的手的红色的手。

队长,斗士,只要有口
高呼自由,必有耳倾听,
只要有红色战士痛击褐色额头,
必有自由人的月桂长出,必有
以我们伟大黎明之血染饰的新旗,
玻利瓦尔,队长,你的脸历历在目。
你的剑再一次在弹药和烟雾中降生。
你的旗帜再一次绣满鲜血。
邪恶者再次攻击你的种子,
人子被钉在另一具十字架上。

但你的身影领我们走向希望,

你红色军队的桂冠和光芒
随你的目光扫视整个美洲的夜晚。
你的眼守望直至海的彼方，
守望受压迫和受伤的民族，
守望被焚毁的黑色城市，
你的声音重生，你的手复活：
你的军队捍卫神圣的旗帜：
自由震醒了血腥之钟，
猛烈的哀声揭开了
被人民的血染红的黎明。

解放者，一个和平的世界在你臂弯诞生。
和平，面包，小麦自你的血液诞生，
从源自你血液的我们年轻之血
将生出和平、面包和小麦，献给我们所创造的世界。

某个漫漫早晨我遇见了玻利瓦尔，
在马德里，第五军团的门口，
父啊，我对他说，是你吗？或不是？你是谁？
望着山中营房，他说：
"我一百年醒一回，在人民觉醒之时。"

译注：玻利瓦尔（Simón Bolívar, 1783—1830）是拉丁美洲独立运动的先驱，委内瑞拉、秘鲁、哥伦比亚、厄瓜多尔、玻利维亚和巴拿马先后受其感召而脱离西班牙殖民统治，成为独立国家。他被称为

"南美洲的解放者""委内瑞拉国父",在拉丁美洲以他命名的城市、广场、物品等不计其数。"玻利瓦尔锡"是玻利维亚(此国名亦来自玻利瓦尔之名)锡矿区所产之锡。特鲁埃尔(Teruel),西班牙城市,特鲁埃尔省省会。哈拉马河(Jarama)、埃布罗河(Ebro),皆为西班牙的河流。山中营房(El Cuartel de la Montaña),建于十九世纪,位于马德里皮欧王子山(Montaña de Príncipe Pío)的军事建筑,1936年7月西班牙内战爆发时,反政府的叛军占据此地,旋被支持共和政府的武装民兵攻克收复。第五军团(Quinto Regimiento)是支持共和政府的一支精英部队,由志愿者组成,是西班牙内战第一阶段最著名的部队。

一般之歌

(1938—1949)

一些野兽

这是鬣蜥蜴的晨曦。

自他拱起如虹的背脊
他的舌像标枪一样地
穿入护根,
僧院样的蚁堆悦耳地
猬集于矮树丛中,
骆马,稀罕如云山间的氧,
穿着缀金的靴子,
而美洲驼在充满露水的
优雅世界中睁开他
坦诚宽圆的眼睛。
猴子沿着黎明的河岸
编织一条
无限性爱的丝线,
捣毁花粉之墙
并且挑动起
蝴蝶紫色的飞翔。
这是鳄鱼的夜晚,
软泥之上属于鼻子的
纯粹、抽新芽的夜晚,

而甲胄单调的声音
自被睡眠浸透的沼泽上方
落回原始的大地。

美洲虎用他磷光的茫然
触弄树叶,
美洲狮像烧尽的火焰
奔跑于群叶之上,
而森林的醉眼在他的体内
燃烧。
獾搔着河流的
脚,循着余味追踪巢穴——
那悸动的喜悦
他们将咧着红牙攻击。

而在巨水深处
巨蟒躺卧
如大地的圆周,
掩覆于仪典的泥土中,
贪婪又虔诚。

马祖匹祖高地

1

从风到风,像一张虚空的网
我穿过街道与大气,来了又去,
跟着秋天的君临叶子们四处流传的
新币,以及在春天与玉蜀黍间,
装在一只下降的手套,那最伟大的爱——
像被拉长的月亮——所递送给我们的。

(尸体狂暴的气候里灿烂
鲜活的日子:钢转变成
酸的寂静:
夜磨损,直至最后的粉粒:
婚礼之土受袭击的雄蕊。)

在提琴堆里等候我的那人
他碰到了一个像埋在地下的塔一样的世界,
螺线沉陷到有着粗涩
硫黄颜色的众叶之下:
而甚至要更下去,在地质学的黄金里,
像一把借流星为鞘的刺刀
我沉下我狂暴温柔的手

直逼地物最深最深的生殖器。

在深不可测的潮流里停靠额头，
我潜没如被硫黄的平静所围绕的一滴，
并且，像一个盲人，回归我们
衰竭的人类春天的茉莉。

    2
如果花把珍贵的种子丢弃给花
而岩石把它的粉衣播撒在一件
瘀伤的钻石与沙的外衣里，
人就把他从海特定的泉源里拾取的
光的花瓣压皱，
并且钻打那在他手中悸动着的金属。
而很快地，带着衣饰与烟，在沉没水中的桌上，
像搞混了的量，灵魂依旧存在：
石英与无眠，大海里
冷潭一般的眼泪：但即使在那个时候——
摧毁它，用纸和仇恨鼓舞它的死亡，
在习性的地毯里闷死它，在敌视的
铁丝的外衣里扯裂它。

不：谁（仿若血红的罂粟）能手无寸铁地护卫
他的血液通过这些走道，天空，

海洋或者公路？愤怒已经把
买卖生命的商人可悲的货品挥霍尽,
而在梅树的顶巅,有一千年
露珠把透明的地图留给了期待的
树枝:啊心,啊在秋天的
洞窟间破碎的额头。

有多少次在冬天城市的街上或者
巴士上或者黄昏的船上或者狂欢夜
更稠密的孤独里,在阴影的声音,
在钟声,在人类喜悦真正的洞穴里,
我渴望能逗留,能寻找那隐藏在
石头或吻的闪电里,我一度触及的永恒且神秘的血脉。

(那在麦中,像一则关于隆起的小乳房的
黄色故事,重复叙说着一个
在肥沃的土壤里无限温柔的号码的,
以及那,永远相同的,在象牙中褪壳的:
以及那在水中半透明的家乡,那从
孤雪直到血波的一口钟。)

我只能抓到一串脸孔或堕落的
面具,仿佛一环环中空的黄金,
仿佛散落的衣裳,那叫可怜的树族恐惧战栗的
凶暴的秋天的女儿。

没有地方来安置我的手,没有地方——
流动像带链的春泉,或者
坚实如煤或水晶的硬块——
能够回应我张开的手的热或冷。
人是什么?在他于店铺里、哨音间日常
谈话的哪一部分,在他金属性运动的哪一环
存在着不可破坏、不可毁灭的,生命?

  3
生命如同玉蜀黍脱粒,在储放
挫败经历和不幸事件的无尽的
谷仓,从一到七,到八
而每个人有着的不只是一个死,而是许多的死:
每一天小的死亡,那在郊外烂泥中自我灭绝的
尘、蛆、灯,每一天小的死亡都带着肥胖的翅翼,
短矛一般刺进每一个人,
而人被面包与餐刀所困:
牧人,港口的浪子,黑皮肤的农耕队长,
或者闹区里的啮齿动物:

他们都精疲力竭地等候死亡,等候每日短暂的死亡:
而他们不祥的苦难每日都是一只
他们必须颤抖地喝着的黑茶杯。

4

好多次强大的死亡诱引着我:
它正像隐形于海波的盐,
而它隐形的气味所散布的
正像一半一半的洼地与高地,
或者风和雪堆所构筑的巨大的殿堂。
我来到铁的边缘,来到窄隘的
空中走道,来到农作物与石头的尸衣,
来到无路可走的星际的真空,
以及令人晕眩的涡状的大道:
但,巨大的海,啊死!你并非一波一波地来到,
而是夜曲般澄亮的急驰,
或者像夜绝对的诗歌。

你从来不曾藏在我们的口袋偷偷地过来干涉,你的
到访终必有着一件猩红的外衣,
一张八方肃静的曙光的地毯,
或者一笔入祀或入土的泪的遗产。

我无法爱那存在于每一生命之内的树,
一旦它微小的秋天在肩上(一千片叶子的死亡),
所有那些假的死与复活——
而不想到大地,不想到深渊:
我期望在最浩阔的生命里游泳,
在最澎湃汹涌的出海口。

而当，逐渐地，人们开始否定我，对我
闭绝他们的门路令我散发活力的手无法
碰触他们受伤的内在，
我乃一街一街，一河一河，
一城一城，一床一床地走着，
我渗杂盐味的面具穿越过沙漠，
而在最后一个受辱的村落，没有灯，没有火，
没有面包，没有石头，没有安静，我
独自流浪，死着自己的死。

    5

那村落贫苦的子嗣在饥饿的体内
狼吞虎咽的食物里所延续的不是
你，啊阴暗的死亡，铁羽毛的鸟：
相反的，那是旧绳腐朽了的一根线，
是不曾打斗过的乳房的一粒原子，
或者不曾掉落到额头的粗涩的露水。
是那无法被再生的，没有和平
没有领土的小死亡的碎片：
一块骨头，一阵在自己体内死去的教堂钟声。
我解下碘酒的绷带，把我的手探进
那正摧杀着死亡的不幸的疼痛，
而我什么也没碰到，除了自灵魂的隙缝
溜进来的一阵风。

6

我跟着登上大地的阶梯,
穿过失去的丛林野蛮的纠缠
走向你,马祖匹祖。
巍峨的梯石之城,
那不曾被大地的睡衣遮藏之人
终于拥有的住所。
在你身上,仿佛两条平行的直线,
闪电以及人的摇篮
在荆棘的风中摆荡。

石头之母,兀鹰的泡沫。

人类黎明高危的暗礁。

埋葬于原始沙层的锄头。

这是旧巢,这是新居:
这里玉蜀黍丰实的谷粒高高跃起
又像红雹一样射下来。

这里金黄的纤维自驼马身上剥下,
覆盖爱,坟墓,母亲,
国王,祷词,勇士。

这里入夜之后人脚与鹰爪

同栖于高大血污的

兽穴,并且在清晨

以雷电的步履行走于精纯的雾上,

并且碰触土地与石头

直到它们在夜里,在死亡里认出他们。

我注视着衣服与手,

注视着回声的洞穴里的水迹,

注视着那被借我的眼睛观看

地上的灯笼,借我的手替

灭迹的木头敷油的脸庞,所磨平的

一面墙:因为一切的东西,衣饰,发肤,容器,

语字,酒,面包,

都消失,堕落到泥土里。

而大气涌进,它

橘花的手指抚过所有入眠的事物:

一千年的大气,月月周周的大气,

一千年蔚蓝的风,一千年铁的山脉,

仿佛脚步们温柔的飓风

磨亮着孤独的石头区域。

7

独一深渊最冷暗的部分,溪谷,最深溪谷的
阴影,那正是何以真实
最灼烫的死会来到你
数量的空间,
并且自打孔的岩石,
猩红的飞檐
以及层列的水道,
你像在秋天一般地滚进
单一的死。
今天空虚的风不再哭泣,
不再认识你的泥脚:
它已经忘掉那
当闪电的刀叉乱割
而巨树被雾所吞噬,被狂风砍倒时
滤清天空的你的大水罐。
它扶起一只从高岗遽然跌落到
时间尽头的手。
你们已不再存在,蜘蛛之手,虚弱的
线缕,纠缠的网:
一切都已离散崩溃了:习俗,破碎的
音节,眩眼的光之面具。

只剩下石头与字的永恒:
城仿佛一只杯子被每一只活着,

死着,沉默着的手举起,被如此多的死
所支撑,有着如此多生的一面墙,
石之花瓣的砍击:永生不死的玫瑰,住所:
这冰河殖民地的安第斯山岩脉。

当土色的手变成
真正的泥土,而当微小的眼睫阖上,
满载粗糙的墙,满载着城堡:
而当人类乱陈于他们的地狱,
旗一般开展的精确仍旧存在;
人类黎明的高地:
包含寂静的最高的容器:
继无数多生命存在的石头的生命。

8

请随我攀登,亚美利加之爱。

随我亲吻秘密的石块。
乌鲁班巴河银白的激流
使花粉飞入她的金杯。
空虚的藤蔓,
岩石般的植物,坚硬的花环,
高耸于崇山宝盒的静寂之上!

来吧,微小的生命,从大地的
翅翼间,同时——晶莹而冰凉,在颤动的空气中
推开遭袭击的翡翠——
野蛮的水啊,你也从雪来到了。

爱,爱,直到突然的夜;
从洪亮的安第斯山的燧石,
直到黎明的红膝盖,
默想那盲眼的雪之子吧!

哦,水流响亮的威卡马右河,
当你把你线形的雷声打碎成
白色的泡沫,像受伤的雪,
当你峭壁的狂风
歌唱且鞭打,震醒天界,
你把哪一种语言带给一只几乎不曾
自你安第斯山泡沫断根的耳朵?

谁抓住冰冷的闪电
且任它困锁于高处,
在冰结的泪珠间被均分,
在飞刀上颤抖,
锤打着它身经百战的雄蕊,
将它引向其勇士的床榻,
惊愕于自身岩石的结局?

你苦恼的闪光在说些什么?
你秘密反叛的闪电可曾一度
满载着语字旅行?
在你细瘦的动脉水流里,
谁能粉碎冻结的音节,
黑色的语言,金黄的旗帜,
无底的嘴巴,被抑制的叫喊?

谁在四处切取那些
生自泥中为我们守望的花的眼睑?
谁在投掷那些从你瀑布般的
手中坠下的串串的死种子,
将它们被裂解、变形的夜播撒于
地质学的煤里?

是谁抛弃这些誓约的树枝?
是谁再次埋葬这些告别?

爱,爱,不要碰触界线,
不要崇拜沉没的头颅:
让时间在它破碎的泉源的大厅
完成它的身型,
并且在急流与壁垒间搜集
自峡谷来之大气,

平行的风的薄片,
山脉盲目的沟渠,
露水粗暴的问候,
并且往上升,一朵花接一朵花,穿过厚度,
踏过那从高处落下的蛇。

在这陡峭的地区——石头,森林,
绿色星星之尘,明亮的丛林——
曼吐尔山谷爆开如活湖泊,
或者新的一层寂静。

来到我真正的本体吧,来到我的黎明,
直达加冕的孤独。
死去的王国仍旧活着。

而钟座上,兀鹰血污的阴影
像一艘黑船穿过。

9

星座之鹰,雾的葡萄园。
失去的棱堡,盲目的弯刀。
星缀的腰带,神圣的面包。
急流的阶梯,巨大的眼睑。
三角形的外袍,石之花粉。

花岗岩的灯,石之面包。

矿物般的蛇,石之玫瑰。

入土的船只,石之泉源。

月的马匹,石之亮光。

赤道的象限,石之蒸汽。

绝对的地理,石之书籍。

雕在狂风中的冰山。

湮没的时光的珊瑚。

被手指磨平的堡垒。

被羽毛袭击的屋脊。

镜之串集,风暴之基石。

被藤蔓推翻的王座。

血爪的政权。

在斜坡上被停住的强风。

静止的绿松石的瀑布。

安眠者族长般的钟。

臣服之雪的项圈。

躺卧于自身雕像上的铁。

紧闭而无法进入的风暴。

狮之手脚,嗜血的石头。

遮荫之塔,雪的辩论。

被手指与根茎高举的夜。

雾的窗户,冷酷之鸽。

夜间活动的植物,霹雳的雕像。

实在的山脉,海之屋顶。

迷失之鹰的建筑。

天空的绳索,绝顶之蜜蜂。

滴血的水平面,高筑之星。

矿物的泡沫,石英之月。

安第斯山之蛇,苋菜的额头。

寂静之圆顶,纯净的祖国。

海的新娘,大教堂之树。

盐的枝条,黑翼的樱桃树。

雪的牙齿,冰冷的雷声。

抓伤的月,险恶的石头。

冰冷的头发,大气之行动。

手之火山,阴郁的瀑布。

银之波浪,时间的目的地。

10

石头之内是石头,而人在哪里?

大气之内是大气,而人在哪里?

时间之内是时间,而人在哪里?

你是否也是非完整的人类破裂的

断片,是那经由今日的

街衢,经由足迹,经由死寂的秋的叶子

把灵魂锤打进坟墓里的

空心的鹰的断片?

悲惨的手,脚,悲惨的生命……

那些暗钝的日子——
在你体内，像洒在节庆的
短矛之上的雨，
它们可曾一瓣一瓣地给空虚的嘴
它们暗黑的营养？

     饥饿，人的珊瑚，
饥饿，秘密的植物，伐木者的根，
啊饥饿——你罗列的暗礁可曾
攀登到这些松散的塔上？

我要问你，路上的盐，
给我看看馒子。允许我，建筑术，
用一根小树枝磨灭石头的雄蕊，
允许我爬过一切大气的梯级到达空虚，
刮削生命的要害直到我触及人。

马祖匹祖，你是否把
石头置于石头之内，而破布，在基础里？
把煤置于黄金之内，而在它里面，血液的
红雨滴在颤抖？
把你所埋葬过的奴隶还给我吧！
把穷人的硬面包从这土地上
抖出来，让我看看农奴的
衣服跟窗户。
告诉我他活着的时候怎么个睡法，

告诉我他睡觉是不是带着

刺耳的声音，张大嘴巴，像因疲倦而

凹进墙壁的一个黑色的破洞。

墙壁，墙壁！如果每一层石头

压在他的睡眠上，并且如果他跌倒在下面，

就像在月亮下面，做着那个梦！

古老的亚美利加，湮没的新娘，

你的手指同时——

当离开丛林往诸神空澄的高处，

在光与虔诚的婚庆旗帜下，

伴随着鼓与长矛的雷声，

同时，你的手指同时——

它们将抽象的玫瑰与冰冷的线条，将

新种的玉米血红的乳房转变成

闪亮实体的经纬，转变成坚硬的洞穴——

同时，同时，被埋藏的亚美利加啊，你是否在最深处，

在你苦涩的肠里，学鹰一样把饥饿藏着？

11

穿过混乱的辉煌，

穿过石头的夜，让我把手探进，

并且让被遗忘的古老的心像一只被囚禁了

一千年的鸟在我的体内跳动！

今天，让我忘掉这欢喜，它比海还宽，

因为人比海及其所有的岛屿还宽，
而我们必须掉进他里面，如同掉进井泉，
带着一枝秘密的水与玄奥的真理升上来。
让我忘掉，广阔的石头，强有力的比例，
超绝的尺寸，蜂巢状的基石，
并且在今天让我把手从三角尺滑下盐血
与粗麻布的斜边。
当，像一具红翼鞘做的蹄铁，愤怒的兀鹰
在飞翔的秩序里撞击我的额头，
而那些食肉类羽毛的飓风把幽暗的灰尘
从斜梯上卷起：我看不见那迅捷的猛禽，
看不见它利爪盲目的刈弧。
我看到古老的生命，奴仆，田野里的睡眠者，
我看到一个身体，一千个身体，一个男人，一千个女人，
在黑色的强风中，被雨与夜染黑，
被雕像沉重的石块压着：
劈石者璜安，委拉哥拉的儿子，
食冷者璜安，绿色星星的儿子，
赤足者璜安，土耳其玉的孙子，
与我一同复活吧，兄弟。

12

与我一同复活吧，兄弟。

把你的手从四处播散的哀愁的
深处伸出来给我吧。
你不会从岩石的底部回来。
你不会从地底的时间回来。
你变硬了的声音不会回来。
你戳了孔的眼睛不会回来。
自泥土的最内部注视我,
耕者,织者,沉默的牧人:
守护神野骆马的驯服者:
被挑衅的绞刑台的石匠:
安第斯山泪水的持瓶者:
手指被捣碎的珠宝商:
在谷粒间颤抖的农夫:
溅洒你的黏土的陶工:
把你们古老,埋在地下的哀愁
倒进这新生命的杯子吧。
给我看你们的血跟你们的犁沟。
告诉我:我在这儿受罚,
因为一颗宝石它不发光,因为土地
不能及时生出石头或谷粒:
给我看你们摔上去的石头
以及他们用来绞死你们的木头。
点燃那些古老的燧石,
那些古老的灯,那些跨过千百个世纪
粘到伤口的鞭子,

以及沾着血腥光彩的斧头。
我来借你们死去的嘴巴说话。

让四处分散的沉寂的嘴唇
自泥土的每一部分集合起来，
并且从无底的深渊终夜不断地对我说话
仿佛我像锚一样紧系着你。
告诉我每一样事物，一链接一链，
一环接一环，一级接一级；
磨利你积藏的刀叉，
将它们刺进我的胸膛，刺进我的手，
仿佛一河黄色的光芒，
一河被埋葬的老虎，
并且让我哭泣，每一小时，每一天，每一年，
每一盲眼的时代，星星的世纪。

给我寂静，水，希望。

给我挣扎，铁，火山。

让尸体像磁铁一样粘住我。

来到我的血脉和我的嘴。

用我的声音、我的血说话。

译注:《马祖匹祖高地》是聂鲁达长篇巨构《一般之歌》中的第二章。《一般之歌》是聂鲁达在其"诗歌民众化"的信念下所完成的一部庞大的现代史诗。全诗共分十五章,内容涵盖了整个美洲:美洲草木鸟兽志,古老文化的探索,历史上的征服者、压迫者和民众斗士,美洲地理志,智利的工人和农民,对美国林肯精神的呼唤,诗人血缘的证实;全诗在对生命及信仰的肯定声中结束。尽管《一般之歌》是针对一般听众而写(聂鲁达喜欢在公会、政党集会等场合为一般民众朗诵他的诗),但这并不表示这些诗作是简单浅显的,聂鲁达仍是相当用心地经营诗的结构与技巧,以《马祖匹祖高地》此章为例,全章共分十二个部分,具有一个复杂而严谨的结构。诗人以访古印加废墟马祖匹祖高地(位于今日秘鲁境内)的真实经验为经,以浸淫于古文明历史意识之探索为纬,勾勒出全诗的轮廓和主题。

一开始,诗人首先陈述个体在文明城市中的孤离和不安:

从风到风,像一张虚空的网
我穿过街道与大气,来了又去,
跟着秋天的君临叶子们四处流传的
新币……

一再出现的秋的意象("啊在秋天的/洞窟间破碎的额头""一千片叶子的死亡")衬出了挫败与荒芜之感,也传达出"衰竭的人类春天"的气氛,使得全诗前五部分形成一种"下坡"的姿态,一直下沉到个体认知了生命的空虚和缺憾("生命如同玉蜀黍脱粒,在储放/挫败经历和不幸事件的无尽的/谷仓,从一到七,到八……")。想在人类身上找寻不灭的因子的企图只是更将诗人拉近死亡:"我独自流浪,死着自己的死。"时间也就在这张知觉"虚空的网"缝中流失,并且将诗人从失根的现代世界载往过去的历史。从第六部分起,全诗"上坡"的结构开始展开,他攀登上"人类黎明的高地",先前枯萎、衰败的秋的意象也被重复出现的珊瑚礁、坚硬的石块所取代:那赋予高地上的碑石以生命的诸种死亡("继无数多生命存在的石头的生命")萦绕着他。在第九部分,诗人迸出了由七十二个名词词组所堆筑而成的连祷文:

三角形的外袍,石之花粉。
花岗岩的灯,石之面包。
矿物般的蛇,石之玫瑰。
入土的船只,石之泉源。
月的马匹,石之亮光。
赤道的象限,石之蒸汽。
绝对的地理,石之书籍……

这些石块,周遭的空气和它们所目睹的历史变迁,似乎都在否定人类的存在("石头之内是石头,而人在哪里?/大气之内是大气,而人在哪里?/时间之内是时间,而人在哪里?"),而使诗人想到那些建筑马祖匹祖高地的受挫的奴隶以及他们在建造过程中所受的磨难,他于是问:"马祖匹祖,你是否把/石头置于石头之内,而破布,在基础里?"至此,本诗的两个母题——人类的孤寂以及被遗忘的诸多建筑高地的生命——乃交融为一。在诗末(即第十二部分),诗人体认出他的任务即是要赋予这些死去、被遗忘的无名奴工以新的生命,恢复他们在历史上的地位;他借一连串的呼唤把全诗带进全人类认同一体的境界:

> 给我寂静,水,希望。
>
> 给我挣扎,铁,火山。
>
> 让尸体像磁铁一样粘住我。
>
> 来到我的血脉和我的嘴。
>
> 用我的声音、我的血说话。

在《马祖匹祖高地》这首诗里,聂鲁达企图透过历史与自然双重的媒介来解答人类的命运。他以见证者的姿态出现("我看到古老的生命,奴仆,田野里的睡眠者,/我看到一个身体,一千个身体,一个男人,一千个女人"),借着诗的语言壮丽地把自己所见、所闻、所体认的经验和真理传递给我们。第八部分提到的威卡马右河(Wilkamayu),在马祖匹祖地区印加人说的克丘亚语(Quechua)中,意为"圣河"。

他们为岛屿而来（1493）

屠杀者夷平了群岛。
在殉难的历史中
瓜纳阿尼岛首当其冲。
黏土的孩童看到他们的微笑
被粉碎，被击打
他们脆弱如鹿的雕像，
至死仍不明了。
他们被捆绑、拷打，
被焚烧烙印，
被啃啮埋葬。
当时间完成它的华尔兹，
回舞于棕榈树间，
绿色的厅堂已空无一人。

唯骨头留下，
僵硬地排列
成十字，向神与人
更伟大的荣耀。

从较大的泥块，
索塔文托的绿枝，

到珊瑚礁群,

纳瓦厄斯的利刀不停切割。

这儿十字架,那儿念珠,

这儿火刑柱上的圣女。

磷光闪闪的古巴,哥伦布之珠,

在潮湿的沙上

领受旗帜与膝盖。

译注:瓜纳阿尼岛(Guanahani)是圣萨尔瓦多岛的本名,哥伦布于 1492 年到达那里。"较大的泥块"指大安的列斯群岛,"索塔文托的绿枝"指小安的列斯群岛中的索塔文托岛群。

科尔特斯

科尔特斯没有人民,他是冷冽的
闪电,披盔戴甲的冰冷之心。
"丰饶之地,吾王陛下,
庙宇内尽是印第安人亲手
炼造的黄金。"

他一路前进,匕首往下刺入,
锤打低地,腾跃的
芬芳的山脉,
他把他的部队驻扎在
兰花丛与松林冠冕之间,
踏过茉莉花,
直捣特拉斯卡拉的大门。

(我受惊的兄弟啊,不要与
玫瑰色的秃鹰为友:
我的话从青苔发出,从
我们王国的根部。
明天将落下血雨,
泪水将流汇成
云雾、蒸气、河流,

直到你的眼睛融化。)

科尔特斯收到一只鸽子,
收到一只野鸡,一把
宫廷乐师的西塔拉琴,
但他想要一屋子的黄金,
他想要更进一步,让所有的
东西都坠入贪婪者的宝箱。
国王从阳台上探出身来,说:
"这是我兄弟。"人民
抛击乱石作为答复,
科尔特斯以背叛的吻
为砺石,磨利匕首。

他回到特拉斯卡拉,风中传来
一阵隐隐的悲痛声。

译注:科尔特斯(Hernán Cortés,1485—1547),殖民时代活跃于中南美洲的西班牙征服者之一。他征服阿兹特克帝国,摧毁阿兹特克古文明,并在墨西哥建立西班牙殖民地。他和同时代的西班牙征服者开启了西班牙在美洲殖民的时代。特拉斯卡拉(Tlaxcala),地名,今墨西哥一州。西塔拉琴(cítara),一种有三组九根弦的乐器。此诗中的国王指阿兹特克王蒙特祖玛二世(Moctezuma Ⅱ,1466—1520)。他误认西班牙征服者为羽蛇神(中美洲古文明中普遍信奉之神)的化身,因而开城门迎接。西班牙人进城后,大肆搜刮金银财宝,引发阿兹特克人驱逐西班牙人的行动。1520年6月两军对峙时,蒙特祖玛二世遭自己的子民以乱石击毙。

哀 歌

独自一人,在荒山僻野中
我想要像河流一样哭泣,想要
像天色一样暗去,入睡
如远古的矿物之夜。

闪耀的钥匙何以会
落入盗贼之手?起来吧
充满母性的奥埃略,将你的秘密
安放于今夜漫长的疲惫之上,
且将你的忠告注入我的血脉。
我尚未向你要过尤潘基诸王的太阳。
我自梦中同你说话,走过一地
又一地,呼唤你,秘鲁的
母亲,山脉的子宫。
雪崩般的匕首
如何纷纷刺入你多沙的领地?

我纹风不动在你手中,
感觉金属
在地底沟道不断伸延。
我由你一条条根所构成,

却不自知；大地

并未赐予我你的智慧。

在繁星照耀的大地之下

我见到的唯连绵的夜与夜。

是什么样无意识的蛇般之梦

匍匐前行至那红线？

忧伤的眼睛，阴暗的草木。

你如何遇上这狂风？

在盛怒中，卡帕克

何以不高举他那

以炫目之土打造的皇冠？

让我在楼阁之下，受苦、

沉沦如光彩永失的

死寂之根吧。

在难熬难受的夜里

我将深入地底，直到

抵达黄金之口。

我想要在夜之石中展身。

我想要披荆带棘，抵达那里。

译注：奥埃略（Oello），又称玛玛·奥克略（Mama Ocllo），印加

王曼科·卡帕克（Manco Capac）的妹妹和妻子。在印加神话中，卡帕克是太阳神之子，率领最早期的印加部族，在秘鲁的库斯科建立王国，带领其统治下的印第安人创造了文明的生活。奥埃略则被视为纺织和生育女神的化身。尤潘基（Yupanqui），有"未来或荣耀祖先"之意，是对印加君王典雅的称号，印加国王有四位以此为名。卡帕克（Capac），有"精神富有，胸襟博大，造福穷人"等意，印加国王有三位以此为名。

智利的发现者

阿尔马格罗自北方带来他被弄皱了的闪电。
在领域之上,在爆炸与日落之间,
他日以继夜地搜寻着,如俯身于航海图。
荆棘的阴影,蓟与蜡的阴影,
这个西班牙人用他干瘦的躯体迎战。
提防岩层阴森的计谋。
夜,雪和沙土构成了
我瘦长的祖国,
寂静躺卧在它长长的海岸线上,
泡沫自它海底的须芒流泻而出,
煤炭用神秘的吻将之覆盖。
黄金在它的手指中燃烧如炭火,
而银闪耀如绿色的月亮
它浓厚的阴郁行星的阴影。
这个西班牙人曾一度坐在蔷薇花旁,
在橄榄油,在美酒,在古老的天空旁,
他没有想到愤怒的石头
竟会从海鹰的粪堆底下诞生。

译注:阿尔马格罗(Diego de Almagro, 1475—1538),西班牙军人,

征服印加帝国（今秘鲁）之功臣。1453年，西班牙国王查理一世遣其援助征服今智利之战役。

埃尔西利亚

阿劳科的石头,水中漂流的
自由的玫瑰,根的领土
与一名从西班牙来的男子初相逢。
它们以巨大的苔藓攻占他的盔甲。
蕨类的阴影侵袭他的刀剑。
原始的藤蔓将蓝色的手
搁在行星新享的寂静之上。
男子汉,响亮的埃尔西利亚,我听见你第一个黎明
涌动的水声,狂躁的鸟群
以及叶丛间的雷鸣。
留下,啊留下你金鹰的
印记,让野生玉米
划伤你的脸颊,
一切都将被尘土吞噬。
响亮的人,唯独你不会啜饮
这盛血之杯,响亮的人,唯独
你骤然发出的光热
才能引时间秘密之口徒劳地
前来告诉你:徒劳。
徒劳,徒劳,
溅在水晶树枝上的血,

徒劳，穿过美洲狮的夜晚

士兵挑衅的步伐，

命令，

受伤者的

步伐。

一切回归以羽为冠的寂静，

一个久远的国王在那里吞噬藤蔓。

译注：埃尔西利亚（Alonso de Ercilla y Zúñiga，1533—1594），出生于马德里的西班牙贵族、战士、诗人。1556—1563 年间，他参与征服智利的战役，有感于智利中南部原住民马普切人（Mapuche，意为"大地的子民"）英勇抵抗西班牙人入侵，而写作史诗《阿劳卡尼亚》（*La Araucana*，南美洲的西班牙殖民者曾称马普切人为阿劳卡尼亚人）。这首长达三十七章的史诗分成三卷，先后于 1569、1578、1589 年出版，讲述阿劳卡尼亚人英勇起义的事迹，以及智利与西班牙的历史。阿劳科（Arauco），西班牙人对马普切人居住地的称呼。

麦哲伦的心（1519）

我来自何方，我到底来自何方，
有时候我自问，今天是星期几，到底怎么回事，
我打鼾，在睡梦中，在树木，在夜晚中，
浪像眼皮一样被掀起，日子
自波浪诞生，带着虎鼻的闪电。

夜里	日子来临，说道："你可曾听到
我想起	缓慢的流水，那流经
遥远的	巴塔哥尼亚
南方	的流水？"
突然	我回答："是的，先生，我洗耳恭听。"
自梦中	日子来临，说道："远处有一只
惊醒	野绵羊，在这个地区，舔食石头

    冻结的颜色。你难道没有听到羊叫，难道没
      有认出蓝色的暴风雨——在它的手中
    月是高脚杯，你难道没有看到成群的家畜，
      不怀好意的风的手指
    用它空虚的指戒去碰触波浪与生命？"

我忆起了	漫长的夜，松树，来自我所前往的地方。
海峡的	窒息的酸被推翻，以及困倦，

寂寞	桶盖，不论我的生命拥有些什么。
	一朵雪花在我的门外哭泣又哭泣，
	展示着透明、宽松，由一颗微小彗星
	编织而成的衣裳，呼唤我外出，她哭泣。
	没有人观测阵风，它的宽阔，
	它穿越草原呼啸而过。
	我走近，说："走吧！"我抚摸南方，涌
	进沙里、看枯干发黑的植物，全是根和岩块，
	被水和天空磨刮的岛屿，
	饥饿之河，灰烬之心，
	阴郁之海的天井，而就在
	孤寂之蛇咝咝作响之处，就在
	受伤之狐掘地埋其血腥宝藏之处，
	我遇到暴风雨和它破裂的声音，
	它发自一本旧书的声音，它百唇之口，
	它告诉我某件事情，那风每日吞噬的事物。

发现者	水记起了船的遭遇。
出现	坚硬的外国土地护卫他们
但无一	在南方惊恐如号角的头壳，
幸存	人与牛的眼睛将塌陷处借给日子
	他们的指戒，他们难以平息的守夜声。
	年老的天空搜寻船帆，
	没有人
	幸存：遇难的船只

和那个刻薄的船员的灰烬生活在一起，
在采金场内，瘟疫之麦的
皮屋，在
航行的寒冷火焰之中
［是什么样的重击在夜中（岩石在船上）敲打底部！］
残留下来的是被烧尽的，无尸的领域，
那鲜为死亡之黑色断片所断毁的
无休止的
狂暴的天气。

唯孤寂	被夜晚、水、冰慢慢粉碎的天体，
君临	被时间和终点所征服的大气：

紫色的血脉带着狂野的虹彩的
终极之蓝，
我的祖国的双脚潜卧于你的影子里
而受击的蔷薇在剧痛中恸哭。

我忆起了	冰冻的麦子，战斗的玉米面包，
古代的	冰河之秋，无常的横祸——再一次
发现者	它们沿着运河航行。

它们与他同航，啊老人，被狂怒之水
放逐的死人，
与他同航，在骚乱中，与他的前额。
信天翁依然追随，磨损的皮
绳，他的眼睛自头部游荡出，

老鼠盲目地吞食，穿过
租来的桅柱凝视着愤怒的光辉，
而穿过虚空，戒指和骨头
坠落，海牛偷偷溜走。

麦哲伦　这经过的是什么神？请看他生蛆的胡须
以及他那被阴霾气候所困
那被凝重的空气所侵蚀像遇海难的狗的裤子：
他的高度是一只沉没的锚，
海嘶叫着，北风上飘
到他潮湿的双脚。
自时间黑暗的阴影
半旋转而出，
马刺
被咬断，滨海恸哭的老主人，没有系谱的
鹰巢，污败的泉井，海峡的鸟粪
导引你，
而你胸前不曾佩戴什么十字，除了一声
传自海上的叫喊，海之光与爪的
白色叫喊，跌落再跌落，被腐蚀的刺棒。

他抵达　有一天邪恶的海的日子终止了，
太平洋　夜之手——割下它的手指
直到它面目全非，直到那人诞生
而船长在自己体内发现了钢

而美洲举起它的泡沫

而海岸提供出它苍白的暗礁

被黎明浸湿,因诞生而混浊

直到一声叫喊自船上传来,且被淹没

接着是另一声叫喊,黎明自泡沫诞生。

他们全都死亡　水和跳蚤的兄弟,肉食行星的兄弟:

你可曾看到桅杆向暴风雨

倾斜?你可曾看到石头被压碎

在疾风它骤然的狂雪之下?

最后,你的乐园丧失了,

最后,你遭诅咒的驻军,

最后,你那被空气所刺穿的幽灵

亲吻着沙上海豹的足迹。

最后,荒原上的小太阳,死亡的日子,

颤抖着,在它浪与石的医院里,

抵达你未戴指戒的手指。

巴托洛梅·德·拉斯卡萨斯神父

夜里,有人自工会返家,
疲惫地走在寒冷的
五月雾中(琐碎的
每日抗争中,冬雨
自屋檐滴落,持续不已的
苦难喑哑的悸动),他想到
奴役者与铁链,
经过伪装,狡诈、
卑鄙地复活,
而当忧伤爬上
锁,带你一同进入,
有一道古老的光射过来,柔润、
坚实如金属,如一颗被掩埋的星。
巴托洛梅神父,谢谢你在凄冷的子夜
送来这份礼物,

　　谢谢你,因为你的思维是不可灭的:

　　它原本可能被压死,被
　　愤怒的狗嘴吞食,
　　可能遗留在

焚毁的屋舍的灰烬里，
可能被砍杀，被无数
暗杀者的冰冷刀锋
或者被面露微笑的仇恨
（下一轮十字军东征的背叛），
自窗口冒出的谎言。
水晶般的思维原本可能消逸，
不可变的晶莹
化为行动，化为斗士
与瀑布般飞泻的钢铁。
人类少有像你这样不世出之生命，
少有像你身影般的那种树荫——所有
美洲大陆的炽烈火炭都前来求助，
所有被抹灭的身份，
肢体残缺者的
伤口，被夷为平地的
村庄——一切都在你庇荫下
重生，在痛苦的尽头
你重新酿制希望。
神父啊，吾人何其有幸，
有你来到新开垦地，
咬嚼罪恶的黑色谷物，喝下
每日激愤的胆汁。
赤手空拳的凡人啊，是谁
置你于愤怒的齿间？

你诞生之时,别的金属
如何露出其眼睛?

酵素如何被掺进
人类隐藏的面粉
将你恒久不变的谷粒
揉入这尘世的面包?

你是血腥的魅影间
真实的存在,你是
狂袭而来的惩罚中
温柔的永恒。
经过一次次奋战,你的希望
转化成精准有效的工具:
孤单的抗争开枝散叶,
无用的哭泣结党联盟。

悲悯无效。当你展示你的
纵队,你庇护的船舰,
你祝福的手,你的披风,
敌人正践踏眼泪
并且捣毁百合花的颜色。
悲悯,崇高、空洞如废弃的
大教堂,一无效用。
是你不可灭的决心,敏捷有力的

抵抗，武装的心。

理智打造出你巨人的质地。

有机体的花是你的结构。

征服者居高临下想仔细
观察你（从他们的高度），
他们倚着腰刀而立
像石头的影子，
以讽刺的口沫
淹没你率先关怀的土地，
说："煽动者在那里！"；
谎称："他被
异国人收买"，
"他没有祖国"，"他是叛徒"；
而你所宣讲的道绝非
脆弱的瞬间，短暂的
准则，或旅行用的小时钟。
你的资质是整座战斗的森林，
天然贮存的铁，粲然发光然而被
繁花盛开的大地所遮蔽，
甚至，更为深邃：
在永恒的时间，在你生命的
轨迹，你向前伸展的手是

黄道带的星球，人民的标记。

今天，神父啊，请与我一起进入这屋子。

我要让你亲睹我的人民和受迫害者

所写的书信与所受的磨难。

我要让你看看那古老的忧伤。

为了不让我倒下，为了让我

在地上站稳双脚，继续战斗，

请遗赠给我的心带有你温柔的

漂泊的酒与坚决的面包。

译注：巴托洛梅·德·拉斯卡萨斯（Bartolomé de las Casas），1484年出生于西班牙塞维亚，1566年于马德里去世，十六世纪西班牙多明我修会（道明会）教士。他本来也是到美洲淘金，也剥削过印第安原住民，偶然听到道明会神父讲道，恍然大悟，痛改前非，加入了道明会，成为一名神父。他挺身对抗西班牙王室，毕生致力于保护西班牙帝国统治下的南北美洲印第安人，为他们争取平等的生存权利，获得"印第安人守护者"的称号，可说是世界上第一个人权实践者。他的著作《西印度毁灭述略》是揭露西班牙殖民者种种暴行的重要文献。

劳塔罗(1550)

血碰触到石英回廊。

石头在血滴处生长。

劳塔罗就是这样从大地生成。

译注:劳塔罗(Lautaro,1534?—1557),智利马普切原住民(即阿劳科人)的年轻领袖。在西班牙征服智利期间,他率领马普切战士起而反抗西班牙,赢得多次胜利。他所制定的战术在漫长的阿劳科战争中被马普切人奉为行动方针。他试图解救智利脱离西班牙的统治,可惜遭西班牙伏袭而丧命。

酋长的教育

劳塔罗是一支细长的箭。
我们的父,他肢柔肤青。
他最初的年月是全然的寂静。
他的少年期权威。
他的青年期一股定向的风。
他像一支长矛般地训练自己。
他让脚习惯于瀑布。
他用荆棘教育他的头。
他写作栗色驼马的论文。
他居住在云的洞穴里。
他伏袭鹰隼的猎物。
他向螃蟹刮取秘密。
他和缓火的花瓣。
他吸吮寒冷的春天。
他在炼狱般的深谷里燃烧。
他是残酷鸟类的猎者。
他的斗篷染满了大小的胜利。
他细读夜的侵略。
他承担硫黄的崩石。
他让自己成为速度,突然的光。
他领受秋的倦怠。

他在看不见的地方工作。

他在雪堆的被褥下睡眠。

他直与箭的行径匹敌。

他边走边喝兽血。

他向波浪扭夺宝藏。

他使自己成为威胁,仿佛阴郁的神祇。

他自他每一子民的爨火饮食。

他懂得闪电的字母。

他嗅出四播的灰烬。

他用黑色的毛皮包裹他的心。

他译释烟的螺纹。

他用沉默的纤维造就自己。

他仿佛橄榄的灵魂把自己浸在油中。

他变成透明坚硬的玻璃。

他学习成为飓风。

他磨炼自己直到血液干竭。

只有那样,他才不辜负他的人民。

劳塔罗对抗人头马(1554)

然后劳塔罗一波又一波地攻击。
他训练阿劳科的影子:
昔日,卡斯蒂利亚的刀刺进
红色群众的心脏。
今天游击战的种子撒遍
森林各角落,
从石块到石块,从浅滩到浅滩,
自钟形花后面窥探,
埋伏于岩石下方。

　　巴尔迪维亚试图撤退。

　　　　　　　　　为时已晚。

劳塔罗来了,披着闪电之衣。
他紧追陷入困境的征服者。
他们在南半球暮色中
穿越潮湿灌木丛寻找出路。

　　　　　　　　劳塔罗来了,
　在众马黑色的奔腾中。

疲惫和死亡引领
巴尔迪维亚的军队穿过叶丛。

劳塔罗的长矛逼近。

佩德罗·德·巴尔迪维亚在尸骨与落叶间
前进,仿佛身陷隧道之中。

　　黑暗中劳塔罗来了。

他忆起多石的埃斯特雷马杜拉,
厨房里的金色橄榄油,
留在海洋彼岸的茉莉花。

　　他认出劳塔罗的叫阵声。

羊群,粗陋的农舍,
涂上白漆的墙,埃斯特雷马杜拉的午后。

　　劳塔罗之夜降临。

他的尉官们仿佛被血、夜和雨水灌醉,
摇摇晃晃步上撤退之路,

　　劳塔罗的箭一支支抽动。

跌跌撞撞的连队
在血泊中节节败退。

已然触碰到劳塔罗的胸膛。

巴尔迪维亚见到一道光,曙光,
也许是生命,海。

  是劳塔罗。

译注:人头马(Centauro),又名半人马,古希腊神话中一种半人半马的怪物,上半身是人的躯干,下半身(腰部和四肢)则是马身。人头马居住在位于希腊中东部屏达思山和爱琴海之间叫作塞萨利和阿卡迪亚的地区。他们经常因放荡和好色而被描述成酒神狄俄尼索斯的追随者。佩德罗·德·巴尔迪维亚(Pedro de Valdivia),来自西班牙的征服者,也是智利第一任皇家总督。服役西班牙军队期间被派驻于意大利和佛兰德斯,1534年晋升陆军中尉,后被派遣至南美,任副司令,建智利圣地亚哥,于出战马普切原住民时身亡。埃斯特雷马杜拉(Extremaduran),西班牙西部的一个自治区,是许多西班牙探险家和征服者的故乡。

青 春

一种和路边李子
酸剑一样的香味,
齿间糖一般的亲吻,
滑落指尖的滴滴生之汁液,
甜蜜的情欲果肉,
打谷场,干草堆,宽深的
房屋诱人的秘密处所,
犹未从昔日睡醒的床垫,自上方,
自隐秘的玻璃窗看到的陡峭的绿色山谷:
潮湿的青春噼噼啪啪燃烧,
像一盏在雨中被击倒的灯。

一朵玫瑰

我看到一朵玫瑰在水边,一只
红色眼睑的小杯子,
一个空灵的声音将它支撑在高处:
绿叶之光轻触源泉
用透明的脚孤独的存在
改变森林的面貌:
空气中布满明亮的衣袍
而树确立了它沉睡的规模。

一只蝴蝶的生与死

穆索的蝴蝶在暴风雨中飞行:

所有春分秋分线,

绿宝石冰冻之膏,

一切都在闪电中飞行,

大气最终的结果受到撼动,

而后一阵绿雄蕊的雨,

绿宝石受惊的花粉升起:

它潮湿芬芳的巨大丝绒

一块块落在旋风的蓝色岸上,

和落下的大地的酵母汇合,

回归叶子的故乡。

译注:穆索(Muzo),哥伦比亚的城镇,以生产绿宝石(祖母绿)的矿区著称。

鱼与溺毙者

突然我发现周围的鱼群变得
稠密起来，满是钢铁的形象，
利如刀口的嘴，
潜沉之银的闪电，
守丧之鱼，尖顶拱形之鱼，
指甲镶金的穹苍之鱼，
带有闪亮圆点花纹之鱼，
带十字交叉寒意凌人之鱼，
一种白色的速率，一种薄弱的循环的
科学，大破坏与成长的
卵形之嘴。
手或腰是俊美的——
被变化无常的月亮环绕，
它看到鱼族的居民猬集，
一条充满生命弹力的潮湿之河，
天秤座星座之增殖，
再生之蛋白石散布于
阴郁之海洋的床单上。

他看到咬噬他的银色之石在燃烧，
战栗之宝藏的旗帜，

当他下沉到吞没一切的深处时，
他交出自己的血液，
悬浮于以多血质的指戒
围绕他躯干的嘴，
直到，分崩离散，
像分泌树汁的茎干，他成为潮水的
盾形纹章，紫水晶打造的
衣裳，海底
受伤的遗产，在众多的树上。

复活节岛

Tepito-Te-Henúa，海洋的肚脐眼，
海的工作坊，绝灭的冠冕。
自你的火山岩渣升起人的
额头，在海洋之上；
石头的眼缝度量着
旋风的宇宙，
举起你石像们纯粹的量的
那只手是中心所在。

你虔诚的岩石朝一切
海洋的波纹切去，
人的脸面显现，
自岛屿的母体生出，
自空虚的火山口诞生，
他们的脚缠在寂静中。

他们是哨兵，关闭了
从所有潮湿地域涌来的
水的周期，
而海，面对这些面具，扣押了
他们暴风雨的蓝树。

除了脸之外无人占据
这王国的领域。安静得像是
另一个星球的入口,封住
岛屿嘴巴的线。

如此,在海中教堂圆顶的光亮里

石之寓言以其残缺的勋章
装饰着无际的空间,
而那些为海沫的永恒
登上这全然孤寂王国
的小王们
在看不见的夜里回到了海,
回到他们盐的石棺。

只有,死在沙滩上的月光鱼。

只有,啃蚀着恐鸟的时间。

只有,沙中的永恒
知道这些话:
缄封的光,死寂的迷宫,
开启海底钵形大厅的钥匙。

译注：本诗原题为"Rapa Nui"（拉帕·努伊），是复活节岛（西班牙语 Isla de Pascua）的别称（另有据英语 Easter Island 音译为伊斯特岛者），位于智利西面外海约 3600 到 3700 公里处南太平洋中的岛屿，为智利的特殊领地，也是世界上最与世隔绝的岛屿之一。Tepito-Te-Henúa（意为"海洋的肚脐眼"）为其更早之名。

酒

秋酒或春酒,酒
以及酒伴儿,在一张春分秋分的
树叶零乱散落的桌际,世界的
大河泛白,距离我们的歌
如此地远。
　　　　　我是个随遇而安的饮者。

你没有来这里所以我撕下
你生命的一页。当你离开时
你可以带走我的某些东西:一些蔷薇或
栗子或永不枯萎的根,
　与同伴分享。

你可以和我一同歌唱,直到
我们的酒满溢并且将桌板染成
紫色。
　　你嘴里的蜜酒
直接酿自尘埃斑斑的蜂群。

　我歌曲中的阴影有多少已经消失:
　　　　　　　啊老友——

我爱与之面对面,自生命中蒸馏出
我所宣称的男性的科学:
亲睦,粗鲁温柔的树丛。

把你的手给我,只要
跟我来,不要在我的话语中寻找
来自或渗出植物以外的事物。

为什么问我工人以外的事情?你知道
我一锤一锤地打造我隐秘的冶炼场,
除了与我的舌头交谈我不爱说话。
去找医生吧,如果你受不了风吹。

哦,让我们歌大地的涩酒,
用秋天的杯子敲打桌板,
当吉他或寂静不断地带给我们
爱的线谱,虚幻之河的语言,
没有意义的美好的诗节。

船长的诗

(1951—1952)

你的笑

拿走我的面包,如果你要,
拿走我的空气,但
别从我这儿拿走你的笑。

别从我这儿拿走这朵玫瑰,
那被你剥开的水龙喷嘴,
在你的欢愉中突然
迸出的水,
从你身上生出的
突如其来的银波。

我艰苦地战斗着,带着
不时因目睹
无变动的地球
而疲惫的眼睛归来,
但当你的笑声进入,
它升上天空找我,
为我打开所有
生命之门。

我的爱,你的笑

在最黑暗的时刻
绽开，而如果你突然
看见我的血染红了
街上的石头，
就请你笑吧，因为你的笑
将成为我手中
清新的剑。

秋日海边，
你的笑当掀高其
四溅的瀑布，
而在春天，爱人啊，
我要你的笑像
我期待着的花，
蓝色的花，玫瑰，
开在我回声四起的祖国。

笑夜，笑
白日，笑月亮，
笑岛屿
扭曲的街道，
笑这个爱你的
笨拙男孩，
但当我睁开
眼又闭上眼，

当我的脚步离开,
当我的脚步返回,
你可以拒绝给我面包,空气,
光,春天,
但绝不要拒绝给我你的笑,
不然我会死掉。

失窃的树枝

在夜里我们将进去
窃取
一根开花的树枝。

我们将爬过墙
摸黑于外星花园中,
阴影里的两个影子。

冬天尚未离去,
苹果树现身,
突然变成
一条芬芳的星光瀑布。

在夜里我们将进去
至其颤抖的穹苍,
你的小手和我的手
将窃取那些明星。

然后静默地,
往我们的屋子,
在夜与阴影里

跟着你的脚步踏入
无声的香气之阶，
跟着星光闪烁的脚
进入春天明澈的身体。

如果你将我遗忘

我想让你知道
一件事。

你知道是怎么一回事：
如果我在窗前凝望
悠缓秋日
晶莹的月亮，红色的枝丫，
如果我在炉火边
轻触
细不可感的灰烬
或皱褶斑斑的柴木，
凡此种种皆引我贴近你，
仿佛存在的一事一物，
芳香，光，金属，
都是一艘艘小船，航向
那些等候我造访的你的小岛。

然而，
倘若你对我的爱意逐渐消逝
我也将缓缓终止我的爱。

如果你突然
将我遗忘,
就别来找我,
因为我将已然忘记你。

如果你认为那穿越我一生的
旌旗之风
既久且狂,
决定
弃我于
我扎根的心的岸边,
请记住
就在那一天,
那一刻,
我将高举双臂,
我的根将出发寻找
另一片土地。

但是
如果每一天,
每一刻,
你满心欢喜地
觉得你我命运相依,
如果每一天都有一朵花
爬上你的双唇前来寻我,

啊，亲爱的，啊，我的人儿，
我心中所有的火会再次燃起，
浇不熄也忘不了，
我的爱因你的爱而饱满，亲爱的，
只要你一息尚存，它就会在你怀里
且被我紧抱。

译注：在电影《邮差》的原声带中，我们可以听到歌星麦当娜（Madonna）朗诵此诗。

元素颂
(1952—1957)

数字颂

啊,多渴望知道
有多少!
多急于
知道
有多少
星星挂在天际!

童年时
我们计数
石头和植物,手指和
脚趾,沙粒和牙齿,
少年时我们计数
花瓣和彗星的尾巴。
我们计算
颜色,年岁,
生命,和亲吻;
乡间的
牛只,海边的
浪花。船只
成为繁殖的数字。

数字相乘相生。

城市

以千，以百万计，

数以百计的

小麦当中包含了

更小的数字，

小过一粒麦子。

时间成为数字，

光被测算出，

无论它如何与声音赛跑

速率始终是 37。

数字包围着我们。

夜里，当我们疲惫地

关上房门，

800 自门底缝隙

溜入，

和我们一起爬进被窝。

睡梦中

400 和 77

用铁锤和火钳

重击我们的额头。

5

与 5 相加

直到它们沉入大海或陷入疯狂，

直到太阳用 0 和我们打招呼，
然后我们跑着
到办公室
到工作场所
到工厂，
在崭新的每一天
再度展开无穷尽的 1。

身为人类，我们有足够的时间
慢慢地满足
自己的渴望，
这代代相传的渴望——
渴望赋予万物数字，
合计它们，
将之分解成
粉末，
数字的荒原。
我们
用数字和名字
包装世界，
但是
万物终究逃过了劫数，
它们逃离
数字，

成群地疯狂,

蒸散,

留下

某种气味,一份回忆,

任数字空幻虚无。

这便是为什么

我希望你

拥有事物本身。

让数字

下狱,

让它们以完美的分别式

大步前行,

不断生殖,

向无限大的,

总数迈进。

我只希望

让沿路的

数字

保护你

也让你保护它们。

愿你周薪的数目

扩张直到横跨胸膛,

而从你们,你和你爱人的身体

相拥而成的数字2中,

愿生出一双双你们的孩子的眼睛，
他们将再次计数
古老的星星
以及那覆盖全新大地的
数不尽的
麦穗。

番茄颂

街道
浸淫在番茄里
正午,
夏日,
光
破裂成
两半
的
番茄
而街道
带着果汁
奔跑,
冲进
厨房,
接管午餐,
安静地
定居在
餐具架上,
跟着玻璃杯,
奶油碟子
蓝色的盐瓶。

它有

它的光亮，

漂亮的威严。

真不幸，我们必须

暗杀：

一只水果刀

扑通进

活生生的浆果，

鲜红的

内脏，

一颗鲜艳

深沉，

取用不尽的

太阳

淹没了全智利的

沙拉，

愉快地用金黄的洋葱

涂饰；

而为了庆祝，

油脂——

橄榄树

柔顺的精髓——

让自己掉落

到它张裂的半球，

甘椒也

加上

它的芬芳,

盐,它的磁力——

这是白日的

婚礼:

荷兰芹

夸示

它的小旗子,

马铃薯

欢腾着,

烤肉的香味

把门都

击倒了:

可以吃了!

快走啊!

在织着夏天花纹的

桌子上,

番茄,

我们地上的星星,

我们繁复而肥沃

的星星,

炫耀着

它们的回转,

运河,

无骨

无壳,
无鳞无刺的
充实与
丰满,
赐给我们
艳热的
节庆
和拥抱一切的新鲜。

慵懒颂

昨天我感觉这首颂歌
无意从地上升起。
是时候了,它
至少该
露出一片绿叶。
我搔了搔地面:"起来,
颂歌姊妹"——
我对她说——
"我答应过你,
你不要怕我,
我不会压垮你的,
有四叶的颂歌,
有四手的颂歌,
我要和你一起喝茶。
起来,
我打算封你为颂歌之后,
我们一起骑脚踏车
到海边。"
无用矣。

然后,

在松树之巅,

懒惰

裸体现身,

她让我眼花缭乱

又昏昏欲睡,

在沙滩上她领我看

海中物的

小碎片,

木头,海藻,鹅卵石,

海鸟的羽毛。

我寻找但没看到

黄玛瑙。

海水

汹涌高涨,

冲垮高塔,

侵袭

我祖国的海岸,

接二连三

推涌出泡沫的灾难。

独自在沙滩上

一道光打开了

一环花瓣。

我看见一群银色海燕飞过

而鸬鹚

牢钉在岩石上

像黑色十字架。
我让一只在蜘蛛网中
饱受折磨的蜜蜂重获自由。
我把一颗鹅卵石
放进口袋,
它光滑,十分光滑,
像鸟的胸部,
此时在海岸上
太阳和迷雾争斗了
一整个下午。
有时
雾透着
光,
像黄玉,
另一些时候
一道潮湿的阳光落下,
滴着黄色的水滴。

夜里,
想着我那首逃逸的颂歌的责任,
我在炉火旁
脱去鞋子;
沙石从鞋中滑落,
而很快地我就
入睡了。

衣服颂

每个清晨你等待,
衣服,在椅子上,
等待我的虚荣,
我的爱,
我的希望,我的身体
去充满你,
我——
离开睡眠,
向水说声再见
就钻进你的袖子,
我的腿寻找
你腿的中空处,
如是地被你永不倦怠的
忠诚拥抱着,
我外出踩踏草原,
我走进诗歌,
我穿窗而望,
看着事物,
男人,女人,
行动与争斗
不断成就今天的我,

不断反对我，

运用我的双手，

打开我的眼睛，

把味道放进我的嘴中，

而如此，

衣服，

我造就了今日的你，

伸出你的手肘，

绷裂缝线，

你的生命使我的

生命形象满盈。

你在风中

掀起巨浪并发出反响，

仿佛你即是我的灵魂，

在难过的时刻

你依附着

我空虚的

骨头，在夜晚

黑暗与睡眠，

以其幽灵充塞

你我的翅翼。

我问

是否有一天

敌人射来的

子弹

会将我的血液沾染到你的身上，

然后

你将与我一起死亡，

或许

事情不可能

如此戏剧化，

而只是单纯，

你将逐渐害病，

衣服，

和我，和我的身体

共同地

我们将进入

大地。

想到这一点，

每天

我虔敬地

向你致意，然后

你拥抱我，而我忘掉你，

因为我们是一体的，

将一直共同地

面对风，在夜晚，

街道或者争斗，

一体，

或许，或许，有一天静止不动。

夜中手表颂

夜里,我的表
像一只萤火虫
在你手中发光。
我听到
它的发条:
像断然的耳语
从你看不见的手
遁去。
随后你的手
重回我幽暗的胸膛
收容我的梦及心跳。

表
用它的小锯子
不断切割时间。
一如在树林里
掉落的
木头碎片,
水珠,小段小段的
树枝或鸟巢,
未打扰那份安静,

未中断那清冷的黑暗,
我的表
也如是在你看不见的手中
不断切割
时间,时间,
分钟如叶子般
落下,
断裂的时间的纤维,
黑色的小羽毛。

一如在树林里
我们闻到根的气味,
在某处水释出
湿葡萄般的
丰满水滴。
一个小磨子
正研磨着夜,
阴影低语
从你手中落下
铺满大地。
尘埃,
泥土,距离,
夜里我的表
在你的手中
不断磨啊磨。

我把手臂

安放在

你看不见的脖子下方,

它温暖的重量下方,

时间落入

我手中,

随着夜,

随着来自树林

来自被分割的夜,

来自断裂的阴影,

来自落下又落下的水的

细微声响:

然后

梦也落下,

从表,从你那

两只熟睡的手,

落下如树林

阴暗之水,

从表

到你的身体,

从你流向四面江山,

阴暗之水,

流过我们体内的

时间的

逝水。

此即夜之样貌,
阴影与空间,大地
与时间,
且流且落且逝的
某样东西。
此即行过大地的
所有的夜之样貌,
仅留下朦胧的
黑色香气。
一片叶落,
一滴水入土
悄然无声,
树林,河流,
草原,
钟铃,眼睛,
都睡着了。

我听到你的呼吸声,
亲爱的,
我们睡吧。

塞萨尔·巴列霍颂

我在我的歌里追忆，

巴列霍，

你脸上的石块，

干旱山脉的

皱纹，

脆弱身躯之上的

你巨大的

额头，

新出土的

你的眼睛里

黑色的霞光，

那些险峻

坎坷的

日子，

每个小时有

不同的苦涩

或遥远的

温柔，

生命的

钥匙

在街上

灰尘满布的

光里颤抖,

你旅行归来,

一趟缓慢、地底的

旅程,

而我在伤痕累累的

山脉之巅

不停敲门,

祈求墙洞开,

路延展,

我刚从瓦尔帕莱索抵达,

正要从马赛出发,

地球像一颗

芬芳的柠檬

被切成

两个清凉的黄色半球,

你

留在

那里,毫不

屈从,

以你的生

和你的死,

以你坠落的

沙子,

测量自己,

清空自己,
在大气中,
在烟雾里,
在冬日
破败的街巷间。

在巴黎,你投宿在
破旧不堪的
穷人旅店。
西班牙
正淌着血。
我们去过。
然后你留下来,
再一次,在烟雾里,
而当你
忽然间,不在此世了,
收纳你骨头的
不是结疤的大地,
不是安第斯山脉的石头
而是巴黎冬日的
烟雾
与霜。

你两度流亡,
我的兄弟,

离开大地与大气,

离开生与死,

流亡,

离开秘鲁,离开你的河川,

告别自己的土壤。

你生时我未曾想你,

而是死后。

我在你的大地

一点一滴

一尘一土

寻你,

你的脸

是黄色的,

你的脸

陡如峭壁,

你满是

古老的宝石,

满是碎裂的

瓶罐,

我登上

古老的

石阶,

或许

你迷路了,

被金线

缠住，

被绿松石

遮蔽，

沉默不语，

又或许

在你的村镇，

在你的族人里，

散布的

玉米粒，

旗帜的

种子。

或许，或许此时

你正转世

归来，

来到

旅途的

终点，

如是

有一天

你会发现自己

在祖国的中央，

造反叛逆，

生气勃勃，

水晶中的水晶，火中之火，

紫石之光。

译注：塞萨尔·巴列霍（César Vallejo，1892—1938），秘鲁诗人，聂鲁达友人，二十世纪最重要的拉丁美洲诗人之一，1938年病逝于巴黎。瓦尔帕莱索（Valparaíso），智利最大的海港，濒临太平洋，是瓦尔帕莱索省首府，位于首都圣地亚哥西北120公里处。

悲伤颂

悲伤,有七只跛脚的
圣甲虫,
蜘蛛网之蛋,
头破血流的老鼠,
母狗的骸骨:
禁止进入。
不要进来。
滚开。
带着你的雨伞滚回
南方去,
带着你的蛇牙滚回
北方去。
有一个诗人住在这里。
没有悲伤可以
越过这个门槛。
穿过这些窗户
进来的是世界的呼吸,
鲜红的玫瑰,
绣着人民胜利的
旗帜。
不准。

不准进来。

拍掉

你蝙蝠的翅膀,

我要践踏从你斗篷

落下的羽毛,

我要把你尸体的

片片块块

扫到风的四个角落,

我要拧你的脖子,

我要缝死你的眼皮,

我要织你的尸衣,

并且,啊悲伤,把你啮齿类的

骨头埋葬在苹果树的春天下。

火脚颂

你有
两只小小的
脚
比蜜蜂
大不了多少,
但是啊,瞧瞧
你是怎么对待
鞋子的!
我是知道的,
你来来去去,
上楼下楼,
比风还快。
我还
来不及
叫你,
你已到来;
在凶险的海岸线,
沙滩,石头,荆棘,
你伴我
前行;
在林中

跨步行过树木和
静止的绿水，
在郊区，
大步走在
无法通行的
街道，
穿过铺着抑郁
柏油的人行道，
当世界的
光
磨损
如旗帜，
无论在街上或林中，
你都伴我
前行，
一个大无畏、不懈怠的
同伴，
但是，
我的天啊，
你是怎么对待
鞋子的！

仿佛就在
昨日
你将它们装在盒里

带回家,
你打开盒子,
它们在你眼前
闪闪发光
像
两件
小
武器,
崭新
的
两枚
金
币,
两个小铃铛,
但今天
我看到了什么?
在你脚下
是两只
皱巴巴的刺猬,
两个半开的拳头,
两根走样的
黄瓜,
两只表皮
褪色的
蟾蜍,

是的,
这就是
一个月前,才一个月前
离开
鞋店时
还是一对耀眼星星的
它们
眼前的
模样。

就像
峡谷中绽放的
美丽的黄花,
或缠绕树枝生长的
藤蔓,
就像
蒲包花
或智利钟形花
或生机勃勃的
苋菜,
如是地,
晶亮,芳香,
你如是地,灿开着,
长伴着我,
如一座鸟舍,一座南方

山脉中的
瀑布,
你的心
伴着
我的心
一同歌唱,
但是,
火脚啊,
你怎么
把鞋子
吃掉了!

脚踏车颂

我沿着
嘶嘶作响的道路
前行:
太阳噼啪有声
如烤焦的玉米,
而
大地
热出水疱,
渺无人烟的
蓝空底下
无边无际的圆。

它们
与我
擦身而过,
几辆脚踏车,
干燥
夏日时分
仅存的
昆虫,
安静,

迅捷,
闪烁,
几乎没有
惊动空气。

工人和女孩
前往
工厂,
眼睛
臣服于
夏天,
头臣服于天空,
坐在
飞驰的
脚踏车的
硬甲壳
上,
呼呼
骑过
桥梁,蔷薇丛,荆棘
和正午。

我想象傍晚的情景,
男孩清洗完毕,
唱歌,吃饭,举起

一杯

酒

为爱情

和生活

而饮,

在门口

守候的

脚踏车

静止不动,

因为

唯有行进中

它才有灵魂,

而今屈身于此

不是

闪闪发光

整个夏天

哼唱不停的

昆虫

而是一具

冰冷的

骨骸

唯有

被需要时

有光之时

才

得以重生,
也就是说,
跟着
崭新的
每一天
复活。

双秋天颂

大海精神奕奕,在大地
休眠之时:
海岸的
昏暗秋天
以其死沉
将陆地涂上
静止的光,
然而
漂泊的海啊,它
精神奕奕。

它的
战斗中
没有
一点点
或
一滴滴
睡意,
死亡
或
黑夜的

成分：

所有

水的

机件，它的蓝色

大锅，

那用

狂野的花

为海浪

加冕的

怒吼的

风的工厂，

一切

生机勃勃

有如

公牛的

内脏，

有如

音乐的

火焰，

有如

爱侣的

交合。

泥土里

秋天的

苦劳
永远都是
黑暗的：
被镇住的
根，埋入
时间之土的
种子，
而在上方
只有
寒冷的花冠，
溶解
成
黄金的
隐隐
叶香：
虚无。
森林里
一把斧头
劈碎
水晶树干，
而后
夜幕
低垂，
大地
用黑色

面具

遮住脸庞。

但

大海

不息,不睡,不死。

它的肚皮

在夜里鼓胀,

因潮湿的

星星

凹陷,像黎明的小麦,

它生长,

悸动,

且哭泣

如走失的

孩童,

唯有黎明的

光热

能像鼓一样,让其

苏醒,巨大,

走动。

它所有的手动了起来,

它不懈的身体,

它长排的牙齿,

它与盐,太阳,银的

交易,
万物
随其夷平一切的
泉流,
随其斗志高昂的
动作
波动,翻动,
而此时
陆地上
忧愁的
秋天
行过。

狂想集

(1957—1958)

要升到天际你需要

        要
      升
     到
    天
   际
  你
 需
要

一对翅膀,
一把小提琴,
以及这么多东西,
数不清的东西,没有名字的东西,
一只大眼睛慢游的许可证,
杏仁树指甲上的题字,
晨间绿草的头衔。

美人鱼与醉汉的寓言

所有这些人都在里面
当她全身赤裸地走进。
他们一直在喝酒,并且开始侮辱她。
她刚从河里来,什么也不懂。
她是一名迷路的美人鱼。
笑骂声自她闪烁的身体流过,
猥亵的话语浸透了她金黄的胸脯。
眼泪是陌生的,她没有哭泣,
衣裳是陌生的,她没有衣服。
他们用香烟末端和灼烫的木塞拨逗她。
并且在酒店的地板上大笑打滚。
她没有说话,因为她不知道言语为何物。
她的眼睛是远方爱情的颜色,
她的手臂媲美黄晶玉,
她的双唇在珊瑚红的灯光中无声地蠕动,
最后她自那扇门离去。
一钻进河里她就把一切污秽洗尽,
再度闪亮有如雨中的白石;
不回头看一眼,她再度游去,
游向虚无,游向她的死亡。

译注：在电影《邮差》的原声带中，我们可以听到影星伊桑·霍克（Ethan Hawke）朗诵此诗。

抑郁者

我留下她在门口等候,
而我一去不复回。

她不知道我不会回来了。

一只狗经过,一个尼姑经过,
一个星期经过,一个年头经过。

雨水冲刷掉我的脚印,
杂草蔓生于街上,
岁月,像石头,
缓慢的石头,年复一年
落在她头上。

后来战争爆发
仿佛喷血的火山。
孩童们死了,房屋毁了。

而那个女人没有死。

整个平原烧起来。

那些沉思已千年的
温和金黄的神像
被抛出庙宇摔得粉碎。
它们无法再继续做梦。

那些清凉的屋子,我
安放吊床的阳台,
蔷薇科植物,
巨手状的树叶,
烟囱,马林巴琴,
全被压垮焚毁。

原本的城市
只剩灰烬,
扭曲变形的铁,死去的
雕像狰狞的头发
以及发黑的血渍。

以及那个等待的女人。

可怜的男孩

于此星球，我们付出多么高的代价
才能安静地彼此做爱！
全世界的人在床单底下偷窥，
他们扰乱着你的爱。

他们危言耸听地谈论
一对男女——
他们经过长久漂泊，
费尽心神，
方得一偿独一无二之愿，
共眠于一张床上。
我不知道青蛙是否
也会彼此窥伺轻蔑，
是否也会在沼泽喃喃
诅咒犯错的青蛙，
诅咒两栖动物的欢愉。
我不知道鸟儿是否
也彼此怀恨，
公牛与母牛在交欢之前
是否也担心隔墙有耳。

而今连马路都长了眼睛,
公园里有警察站岗,
旅馆鬼鬼祟祟地监视房客,
窗户会记名字,
军队和大炮动员起来

去反击爱情,
喉咙和耳朵
永不休止地忙着,
所有男孩只好带着女友
骑上单车
追逐高潮。

译注:在电影《邮差》的原声带中,我们可以听到影星朱莉娅·罗伯茨(Julia Roberts)朗诵此诗。

猫之梦

猫何其优美地安睡着，
以它的脚掌和姿势，
以它邪恶的尖爪
和无情的冷血，
以它所有的环状物，
一连串焦褐色的圆圈——
这些建构出它沙色尾巴的
怪异地质学。

我希望能有猫一般的睡梦，
以所有时间的毛皮，
以粗糙如燧石的舌头，
以火的干燥属性；
不与任何人交谈，
我将自己延展到全世界，
全部的屋顶和风景，
以激情的渴望
追捕我梦中的老鼠。

我见过熟睡的猫身
如何起伏波动，夜晚如何

像黑水般川流其间；
有时，它摆好落地姿态
或可能一头栽进
光秃荒凉的雪堆。
有时它在睡梦中身形巨大
如老虎的曾祖父，
此时它会在黑暗中翻跃过
屋顶，云朵和火山。

睡吧，睡吧，夜之猫，
以种种圣公会的仪式
且张着你硬如石头的胡须。
统领我们所有的梦吧，
用你冷酷的心
和你尾部长长的颈背
替我们掌控睡眠技艺
的朦胧度。

火车之梦

火车在车站里
做梦,没有防卫,
没有引擎,熟睡着。

黎明时我踌躇地走进,
搜寻秘密:
遗留在货车以及
旅行之后残余气味里的物品。
在离去的人群中,我感觉自己
孤单地在静止的火车里。

空气凝重,一排
压缩的对话
与瞬时即逝的沮丧。
走道上逝去的人们
好像没有锁头的钥匙
掉落在座位底下。

从南方来旅行的女士,带着
束束的花朵与小鸡,
或许她们被谋害了,

或许她们回去了并且哭泣，
或许她们用康乃馨的火
把车厢烧光了，
或许我也旅行着，和她们一块，
或许旅途中的蒸汽，
潮湿的栏栅，或许
它们全都活在静止的火车里，
而我是一名睡着的旅客
突然间悲惨地醒来。

我坐在位子上，火车
奔跑过我的体内，
冲破我的边境——
一转眼，它变成童年时的火车，
清晨的烟雾，
夏日的涩甜。

仍有其他逝去的火车，
满载哀愁，
像满车的沥青；
静止的火车如是继续奔跑于
黏着我的骨头
逐渐阴沉起来的早晨。

我独自在孤寂的火车中，

但不只是我孤独，
一大群孤寂聚集着，
就像月台上那些农民，
期待着旅行，
而我，在车中，像发霉的烟，
跟着这么多没有活力的人，
承受着这么多的死亡，
感觉自己迷失在一次
除了衰竭的心以外，没有什么
东西移动的旅行当中。

朋友回来

当一个朋友死去,
他回到你的体内再一次死亡。

他搜索着,直到找到你,
让你杀死他。

让我们注意——走路
吃饭,谈天——
他的死亡。

他过去的一切已微不足道。
每个人都清楚他的哀伤。
如今他死了,并且很少被提及。
他的名字遁去,无人留恋。

然而,他依旧在死后回来,
因为只有在这儿我们才会想起他。
他哀求地试图引起我们的注意。
我们不曾看到,也不愿意看到。
最后,他走开了,不再回来,
不会再回来,因为现在再没有人需要他了。

太多名字

星期一，星期二紧紧啮合，
一个星期跟一年。
时间不会被
你衰竭的剪刀剪断，
而白日的名字悉数被
夜晚的潮水冲失。

没有人能够说自己叫彼德罗，
没有人是罗莎或者玛利亚，
我们都只是尘土或沙，
我们都只是雨中之雨。
他们跟我谈到委内瑞拉，
谈到智利，还有巴拉圭；
我不知道他们到底在说些什么。
我只知道地球的皮毛，
而我知道他没有名字。

当我跟草根住在一起，
它们比花朵更叫我满意，
而当我跟一颗石头说话，
它响亮如铃声一般。

好长好长啊，到冬天
都还不走的春天。
时间遗失了它的鞋子。
一年持续了四百年。

每天晚上当我睡着的时候
我的名字叫什么或不叫什么？
而当我清醒的时候，我又是谁呢，
如果我不是睡觉时的我？

这意思是说我们才刚
踏进生命
就仿佛新生般地到来；
让我们不要把嘴巴塞满
这么多变动的名字，
这么多悲哀的礼制，
这么多华丽的字母，
这么多你的跟我的东西，
这么多文件的签署。

我有心弄混事物，
结合他们，令他们重生，
混合他们，解脱他们，
直到世界上所有的光

像海洋一般地圆一，
一种慷慨、硕大的完整，
一种爆裂、活生生的芬芳。

一百首爱的十四行诗

(1957—1959)

(1) 玛蒂尔德:植物,岩石,或酒的名字

玛蒂尔德:植物,岩石,或酒的名字,
始于土地且久存于土地的事物之名,
天光在它成长时初亮,
柠檬的光在其夏日迸裂。

在这个名字里木制的船只航行,
被团团海蓝的火环绕:
它的字母是河水,
流入我焦干的心。

啊,显露于藤蔓下的名字,
仿佛一扇门通向不知名的隧道,
通向世界的芬芳!

啊,用你炽热的嘴袭击我,
如果你愿意,用你夜的眼睛讯问我,
但让我航行于你的名里并且安睡。

(20) 我的丑人儿，你是一粒未经梳理的栗子

我的丑人儿，你是一粒未经梳理的栗子，
我的美人儿，你漂亮如风，
我的丑人儿，你的嘴巴大得可以当两个，
我的美人儿，你的吻新鲜如西瓜。

我的丑人儿，你把乳房藏到哪里去了？
它们干瘦如两杯麦粒。
我更愿意见到两个月亮横在你的胸前，
两座巨大的骄傲的塔。

我的丑人儿，大海的店铺里找不到你这样的指甲，
我的美人儿，我一朵一朵花，一颗一颗星，
一道一道浪地为你的身体，亲爱的，编了目录：

我的丑人儿，我爱你，爱你金黄的腰，
我的美人儿，我爱你，爱你额上的皱纹，
爱人啊，我爱你，爱你的清澈，也爱你的阴暗。

(27) 裸体的你单纯如你的一只手

裸体的你单纯如你的一只手,
光滑,朴拙,小巧,圆润,透明,
你有月亮的线条,苹果的小径,
裸体的你纤细有如赤裸的麦粒。

裸体的你蔚蓝如古巴的夜色,
藤蔓和星群在你发间。
裸体的你,辽阔澄黄,
像夏日流连于金色的教堂。

裸体的你微小如你的一片指甲,
微妙的弧度,玫瑰的色泽,直至白日
出生,你方隐身地底,

仿佛沉入衣着与杂务的漫长隧道:
你清明的光淡去,穿上衣服,落尽繁叶,
再次成为一只赤裸的手。

译注:在电影《邮差》的原声带中,我们可以听到歌星斯汀(Sting)朗诵此诗。

(45) 别走远了,连一天也不行……

别走远了,连一天也不行,因为,
因为,我不知该怎么说,一天是很漫长的,
我会一直等着你,仿佛守着空旷的车站,
当火车停靠在别处酣睡。

别离开我,连一小时也不行,因为
那样点点滴滴的不安会全数浮现,
四处流浪觅寻归宿的烟也许会飘进
我体内,绞勒住我迷惘的心。

啊,愿你的侧影永不流失于沙滩,
啊,愿你的眼皮永不鼓翼飞入虚空:
连一分钟都不要离开我,最亲爱的,

因为那一刻间,你就走得好远,
我会茫然地浪迹天涯,问道:
你会回来吗?你打算留我在此奄奄一息吗?

(90) 我想象我死了,感觉寒冷逼近

我想象我死了,感觉寒冷逼近,
剩余的生命都包含在你的存在里:
你的嘴是我世界的白日与黑夜,
你的肌肤是我用吻建立起来的共和国。

顷刻间都终止了——书籍,
友谊,辛苦积累的财富,
你我共同建筑的透明屋子:
全都消失了,只剩下你的眼睛。

因为在我们忧患的一生,爱只不过是
高过其他浪花的一道浪花,
但一旦死亡前来敲门,啊,

就只有你的目光将空隙填满,
只有你的清澄将虚无抵退,
只有你的爱,把阴影挡住。

智利之石
(1959—1961)

公 牛

最老的公牛跨过日子，
它的双脚磨刮地球。
它继续，继续行向大海的居所。
它抵达岸边，最老的公牛，
抵达时间之端，海洋之滨。
它闭上眼睛，青草覆盖全身。
它吸入整个绿色距离。
其余留待沉默去建构。

岩石中的画像

哦是的,我认识他,我跟他相处多年,
跟他那金黄、坚实的本质,
他是个疲倦的人:
在巴拉圭他远离了父亲和母亲,
他的儿子,他的女儿,
他最近的姻亲,
他的房子,他的小鸡,
以及一些半开的书本。
他们把他叫到门口,
当他打开门时,警察逮捕了他,
他们重重地毒打他
以致他吐血,在法国,在丹麦,
在西班牙,在意大利,四处流徙,
他如此死了,我再也没看到他的脸,
再也没听到他深沉的寂静;
而后有一回,在一个暴风雨的夜晚,
大雪把平滑的斗篷
铺放在山上,
在马背,那儿,远远地
我注视着,我的朋友就在那里:
他的脸在石中成形,

他的侧面迎向狂野的气候,
在他的鼻内风捂住

受迫害者的呻吟:
在那儿流亡者终止流亡:
化作石块,他活在自己的国度里。

南极之石

无限

终极于此处:

万物在此开始:

河流在冰中的告别,

大气与雪的婚礼。

街道、马匹无处可见:

唯石之构造

存留。

无人居住于城堡,

迷途的幽灵

已被寒冷与风之酷烈

吓跑:

就是这

把歌给了石块,

并且悬起它精致的外形,

高升如一声呐喊或曲调

而后缄默到底。

只有风留下,

嘶嘶发响的南极

之鞭,

只有空虚的白,以及

雨中的鸟声

在孤寂的城堡之上。

海 龟

海龟
走了
好远
用
他
苍老的
眼睛
看了好多,
海龟
以深
海的
橄榄
为生,
海龟游了
七个世纪
经历过
七
千个
春天,
海龟
以壳为盾

对抗
酷热
与严寒,
对抗
光与浪,
海龟
银黄
相间,
有清晰
如月的
琥珀色泽
和掠夺之足,
海龟
停在
这里
睡着了
还不自知。

这老人
佯装
坚强,
抛弃了
对海浪的爱,
僵化
如一块铁板。

看过了
那么多
海洋，天空，时间与大地，
现在，他
阖上
双眼，
安睡于
岩块堆中。

典礼之歌
(1959—1961)

派塔未安葬的女子(选十)

献给西蒙·玻利瓦尔(Simon Bolivar)的爱侣
曼努埃拉·萨恩斯(Manuela Sáenz)的挽歌

5:缺席的爱人

爱人,为何说出你的名字?
在这几座山里
唯独她逗留不去。
她体现的只是沉默,
粗犷、持久的孤寂。

爱与大地建立了
太阳汞合金,
连太阳,这最后的太阳,
停尸间的太阳
也搜寻她失落的
全数光芒。
它搜索着,
而它的光线
时而闪烁于死亡附近——
在搜寻时划切,砍杀如剑,
刺入沙中,

而爱人的手不在那儿，
没抚摸到粉碎的剑柄。

你的名字不在了，
已逝的爱人，
但寂静知道你的名字
已策马翻山越岭而去，
已策马消逝于风中。

7：我们寻你无功而返
不行，无人能重新接合你坚实的身体，
无人能让你燃烧的沙石复活，
你的嘴再也不会开启其双重唇瓣，
白色衣裳也不会再在你胸前隆起。

孤独布置着盐，寂静，马尾藻，
你的身影被沙石吞噬，
你的蛮腰消失于远方，
只身一人，无高傲的骑士接应，
能纵马疾驰过火焰，至死方休。

9：牌戏
你黝黑的小手，

你纤细的西班牙脚,
你丰腴明净的臀部,
你的血管——流淌着
绿色火焰的古老河流:
你将一切都摊在桌上
像烈焰熊熊的宝物,
像被弃的枯死的橘花,
在如火如荼的牌局中:
这场非生即死的赌博。

10：谜语

现在是谁在亲吻她?
非他。非她。非他们。
是风飘扬着一面旗子。

11：墓志铭

这是受伤的女人:
夜里,迂回于诸多小径,
她梦想胜利,
却拥抱忧伤。
以一把剑为她的爱人。

12：她

你是自由的化身，
恋爱中的解放者。

你献出了美德与恶德，
一个不在乎恭敬的偶像。

当你浓密的头发掠过黑暗，
阴森的猫头鹰也感到惊惧。

而明亮的屋瓦依然存在，
雨伞闪闪发光。

房子换了衣服，
冬天变得透明。

当时曼努埃拉正穿越
利马疲惫的街道，
波哥大的夜晚，
瓜亚基尔的黑暗，
加拉加斯的黑西装。

从那时起，黑夜翻转成白昼。

13：疑问

为什么？为什么你不回来？
噢，永久的爱人，你的冠冕
不只是柠檬花，
不只是伟大的爱，
不只是亮黄的光
与高台上的红丝绸，
不只是宽深卧榻的
床单和忍冬花，
并且，噢，
也以我们的鲜血和战争
加冕。

14：在所有的寂静当中

现在，让我们独处。
与骄傲的女人独处。
与穿戴紫色闪电的
她独处。
与三原色的女皇。
与基多回旋而上的藤蔓。

在世间所有的寂静当中，
她选择了这个忧伤的小海湾，
派塔的苍白水域。

15：谁知道

我无法和你谈论那光辉。
今天我只想找回丢失的
玫瑰，它藏在沙里。
我想分享遗忘。

我想看漫长的分分秒秒
反复折叠如旗帜，
隐身寂静中。

我想看那被藏着的。

我想知道。

20：复活的女人

在坟墓或海洋或大地，军营或窗户，
请容我们回归你不忠之美的光芒。
召唤你的身躯，寻找你破碎的形体，
使其再次成为领航的船首雕像。

（而她的爱人在坟穴里会颤动如一条河。）

译注：玻利瓦尔（参见本译诗集《给玻利瓦尔的歌》一诗），拉丁

美洲独立运动先驱,有"南美洲的解放者""委内瑞拉国父"等称号。曼努埃拉·萨恩斯(Manuela Sáenz, 1797—1856)是厄瓜多尔的贵族妇女,积极支持拉丁美洲的独立运动,1822年与丈夫离婚后旋即与玻利瓦尔开始了长达八年的亲密合作关系,为其红粉知己和情人,直至1830年玻利瓦尔去世为止。她曾在1828年阻止了政治对手在"大哥伦比亚"首都波哥大(Bogotá)的暗杀计谋,救了玻利瓦尔一命,使她获得"解放者的解放者"的称号。1835年她试图返回厄瓜多尔时,护照遭总统撤销,她流亡秘鲁,住在西北部滨海小城派塔(Paita),成为一个穷困潦倒的流浪者,于1856年去世,被葬于派塔一个公用的乱葬坑。2010年,她在委内瑞拉获得平反并为她举行国葬,但因无法寻得遗骸,只能以乱葬坑中的一些土壤组成她象征性的遗骸,安放于委内瑞拉国家万神殿,玻利瓦尔的遗骸也在那里。利马(Lima),秘鲁首都。瓜亚基尔(Guayaquil),厄瓜多尔的港口城市。加拉加斯(Caracas),委内瑞拉首都。基多(Quito),厄瓜多尔首都。

节庆的尾端(选二)

12

白色的泡沫,黑岛的三月,我看到
海浪层层相击,白色渐淡,
海洋自它无底的杯中溢出,
长程而缓慢飞行的祭司的鸟群
在静止的天空画着十字,
而黄色来临,
月份跟着改变颜色,海岸之秋的
胡须生长,

而我叫作巴勃罗,
到目前为止还是老样子,
我爱,我怀疑,
我负债,
我拥有广阔的海以及它
逐浪的人员,
我是如此地不安,以至我走访
尚未诞生的国度:
我往返于海上以及它的国家,
我懂得
鱼骨的语言,

硬骨鱼的牙齿，
极地的凛冽，
珊瑚的血液，鲸鱼的
寂静夜晚，
因为我一处接一处地走着，探访

河流出海口，蛮荒地区，
而我总是又回来，从未找到安宁：
没有根我还能够说些什么？

   13
没有触及土地我能够说些什么？
没有雨我能够向谁投诉？
我从来不曾落脚于住过的国家，
每一次出航都是归航，
而我不曾留下照片或大教堂里的毛发
做纪念品：我总是试着
用我的两只手来塑造自己的石头，
理性地，非理性地，随心所欲地，
带着愤怒与均衡：每个小时
我触动狮子的疆土，

蜜蜂忙乱的圣堂，
如是，当我看到我已见过的，

当我接触到土地与泥壤，石头和我的泡沫，
认得我的脚步与话语的自然，
亲吻我的嘴的卷曲的植物时，
我说："我在这里"，我在光中剥掉衣服，
让手沉到海里，
直到一切都透明清澈，
在陆地之下，我有了宁静。

全力集
(1961—1962)

诗人的责任

为了这星期五早上
不听涛声的人,为了被困锁于
住家或办公室,工厂或女人,
街道或矿坑或枯燥牢房的人:
我为他而来,我不说不看,
我读,开启禁闭的门,
无垠之音传来,模糊而坚决,
碎裂而持久的雷鸣被链上了
行星和泡沫的重量,
嘶哑的海流升起,
星星在其玫瑰坛中快速震颤,
大海搏动,死去,续又搏动。

如是受命运牵引,
我必须时刻聆听大海的悲叹
并将之铭记于我的良知,
我必须感受硬水的撞击,
将之收藏于永恒之杯,
这样,无论囚禁者身在何方,
无论在哪儿遭受秋天的惩处,
我都可以带着一片漫游的浪出现,

我都可以自由进出窗子,
听到我的声音时会上扬眼睛,
问说:要如何才能靠近海洋?
而我会沉默不语地
传送出海浪的回音,
碎裂的泡沫和流沙,
渐行渐远的盐的低语,
岸边海鸟灰色的叫声。

如是,透过我,自由与大海
对黑暗之心做出了回应。

行 星

月球上有水的石头吗?
有黄金的海水吗?
秋天是什么颜色?
日子彼此啮合
直到它们像一头蓬松的头发
不再纠缠?有多少东西掉落——
纸,酒,手,尸体——
自地球掉落到那地区?

那里是溺水者的天地吗?

海 洋

比浪更完美的躯体,
盐刷洗着海岸,
而闪耀的鸟
飞翔,无须绕树依枝。

海

单一的个体,但没有血。
单一的爱抚,死亡或玫瑰。
大海前来,重融合我们的生命。
独自地攻击,分裂和歌唱
在日和夜,在人和众生物。
其本质:火和冷:动势。

小夜曲

我用我的手采收此空虚,
无法估量的夜,星星家族,
比寂静还要寂静的合唱,
月之声,秘密之物,三角形,
粉笔画出的高空秋千。
这是海之夜,第三种孤寂,
开启门与羽翼的一种震动,
无形的,深奥的居民
颤动,将河口的众名淹没。

夜,海之名,祖国,累累果实,玫瑰!

清洗小孩

只有地球上最古老的爱
才能为孩童的雕像梳洗,
拉直他们的脚和膝盖。
水升起,肥皂滑动,
纯洁的身体迎上前去呼吸
花朵和母性的空气。

哦,敏锐的警觉,
甜美的幻象,
微温的挣扎!
现在头发是一团纠葛的
毛皮,被木炭画上十字记号
被锯屑和油脂,
煤渣,缝线,螃蟹,
直到爱,耐心地
预备好水桶和海绵,
梳子和毛巾,
并且,随着刷洗和梳理,随着琥珀,
最原始的细心,茉莉,
浴毕的孩子变得愈发清新——
啊自母亲的手臂奔跑而出

他再一次攀上他的旋风，
寻觅泥土，油脂，尿水和墨水，
弄伤自己，在石块上打滚。
如此，刚被洗净，这小孩跃进了生命，
因为，今后，他有空做的只是
保持干净，但再也找不回最初的生命。

熨衣颂

诗歌是纯白的；
它自水滴掩覆的水中出现，
皱褶斑斑，任意堆叠。
必须将之摊开，这行星的表皮，
必须将之烫平，这白色的海水；
无数的手来回地挥动，
去抚平这神圣的表面。
一切因此达成。
每天，手重造这世界，
火与钢铁结合，
而帆布，亚麻和棉布自
洗衣店的琐碎战争中归来；
鸽子自光处诞生。
贞节再度自泡沫中涌现。

春

鸟已经前来
发光:
随着它一声声鸣啭
水诞生了。

在水和光之间大气松动,
春已然君临,
种子已然知晓自己正在苗壮,
根留影于花冠上,
花粉的眼睑终于睁开了。

一切都肇因于一只单纯的鸟
栖息于一绿枝上。

黑岛的回忆
(1962—1964)

性

暮色中的门，
夏季。
最后一批经过的
印第安人的木轮大车，
闪烁的光
以及着火的森林的
烟雾，
带着红色的味道
直飘到街上，
远处火灾的
灰烬。

我，悲痛伤感，
心情沉重，
恍惚，
短裤，
瘦腿，
膝盖
与眼睛期待着
意外的宝物，
罗茜塔和何塞芬娜

在街的
对面,
露齿睁眼,
光彩熠熠,以有如隐藏的
小吉他般的声音
呼唤我。
我走过
街,迷惑,
恐惧;
我一到
她们就
对我低语,
抓着我的手,
蒙住我的眼,
带着我以及
我的童贞一起
奔向面包房。

沉默的大桌子,庄重的
面包之所,空无一人;
在那里,她们两个
与我——先落入
罗茜塔之手,
后落入何塞芬娜
之手的囚犯。

她们想脱掉

我的衣服,

我逃开,颤抖着,

但我跑

不动,

我的腿

不听我

使唤。接着

这两个妖女

在我眼前

变出

奇迹:

一个有五颗小蛋的

小野鸟的

小巢,

五颗白葡萄,

林野生活的

微小

聚落,

我把手伸向

前去

而

她们乱弄我衣服,

抚摸我,

张大眼睛审视

她们第一个小男人。

沉重的脚步声，咳嗽声，
我爸爸跟着
一些陌生人
到来，
我们跑进
黑暗深处，
两个海盗
与我——她们的囚犯，
在蜘蛛网之间
挤作一团，
紧紧抱着
在一张大桌子下，心惊胆跳，
而那奇迹，
那有着五颗天蓝色小蛋的
小巢
落地，它的香气和结构
终被入侵者的脚压碎。
但，连同阴暗中的
两个女孩
和恐惧，
连同面粉的味道，
幽灵似的脚步声，
逐渐暗去的黄昏，

我感觉某样东西

在我的血液里

有了变化，

一朵带电的

花

升向我的嘴

我的手，

饥饿而

纯净的

欲望

之

花。

诗

而就是在那种年纪……诗上前来
找我。我不知道,我不知道它
从什么地方来,从冬天或者河流。
我不知道它怎么来,什么时候来,
不,它们不是声音,它们不是
字,也不是沉默,
从一条街上我被叫走,
从夜的枝丫,
骤然地,从其他事物,
在粗暴的火间
或者独自归来
在那儿,一张脸也没有
而它触及了我。
我不知道该说些什么,我的嘴
不知道如何
命名,
我的眼睛是瞎的,
某样东西在我的灵魂内骚动,
狂热或遗忘的羽翼,
我摸索自己的道路,
为了诠释那股

烈火，
我写下了第一行微弱的诗句，
微弱而不具体，纯粹的
无意义，
一个一无所知的人他
单纯的智慧，
而突然我看到
天空
松解、
洞开，
行星，
悸动的农园，
戳了孔的阴影，
筛分着
箭矢，火与花，
缠卷的夜，宇宙，
而我——无限小的本体，
醉倒在伟大星夜的
空虚里，
类似，神秘的
映像，
感觉自己在纯粹的
深渊中，
与众星一同转旋，
我的心向风中逸去。

译注：在电影《邮差》的原声带中，我们可以听到影星米兰达·理查森（Miranda Richardson）朗诵此诗。

东方的宗教

在仰光那个地方我领悟到神,
如同上帝,原来是
可怜的人类的敌人。
石膏身体,平躺如
白色鲸鱼的
　　　　　神;
镶金如穗的神祇,
编结诞生之罪的
蛇蝎之神;
赤裸,过分雕琢的佛陀,
仿佛钉在可怖的十字架上的基督,
对着空洞永恒的鸡尾酒会
微笑着——
他们全都万能,
把他们的天堂硬推销到我们的身上,
都携带酷刑或手枪
来收购我们的虔诚,否则焚烧我们的血液:
为了要隐藏他们的懦弱,人类
所创造出来的残恶的神。
在那个地方一切都是如此,
整个地球弥漫着天国
以及天国商品的恶臭。

哦大地,请等等我

让我回归,哦太阳,
回归到我野性的命运,
古森林的雨
把我带回芳香以及
落自天空的刀剑,
草原和岩块孤寂的平和,
河岸的湿气,
落叶松的味道,
活泼的风如一颗心
跳动于高耸的南美杉
拥挤的纷扰中。
大地,还给我你纯粹的禀赋,
自其根之庄严
升起的寂静之塔。
我要回归到未曾拥有的世界,
试着自如此深处回归到
自然万物之中
我或存或亡;做另一块
石头又何妨,黑暗之石,
被河水冲失的纯粹之石。

未来是空间

未来是空间,
大地颜色的空间,
云朵颜色的,
水色和空气色的,
能容纳许多梦的黑色的空间,
能容纳所有的雪,
所有的音乐的白色的空间。

无一席之地得以亲吻的
绝望的爱被抛诸脑后,
人人皆可在树林中,在街上,
在屋里觅得一安身之地,
地底与海底也都有容身之所,
多快乐啊,终于找到了
     持续升起的
一颗空旷的星球,
大大的星斗清澈如伏特加,
如此透明又渺无人烟,
赶紧带着第一支电话
到达那里,
好让诸多男士得以在随后阔谈

他们的病痛。

重要的是要近乎浑然忘我,
一边自崎岖的山脉尖声叫喊,
一边盯着在另一座山头出现的
一名新抵达的女士的足迹。

走吧,让我们离开
这令人窒息的河流,
我们与其他鱼族从黎明一起
共游到迁徙之夜,
而今在这新发现的空间里
让我们飞往纯净的孤寂。

船 歌
(1964—1967)

船歌始奏(选三)

卡普里岛的恋人们

岛屿中心贮藏着恋人们的灵魂,像一枚钱币
被风和时间擦洗得晶莹透亮,
像一整颗野杏仁镶进蓝宝石里;
那儿,我们的爱情像隐形之塔在烟雾中晃动,
空荡的天体悬置着星的尾巴与一渔网的太空鱼,
因为卡普里岛的恋人们闭着双眼,粗哑的闪电刺破海洋
　　周围唰唰的响声,
所有的恐惧流血逃逸而去,身负重伤,
像一条怪异骇人的鱼受鱼叉致命一击:
随后,在海洋的蜜里船首的破浪神像裸身
破浪而行,被阳刚的气旋所诱。

船

一如在市场里人们朝麻袋扔进煤炭和洋葱,
酒精,石蜡,马铃薯,胡萝卜,肉条,油,柑橘,
船是模糊纷乱之地:甜美的淑女,壮汉,
饥饿的赌棍,牧师,商人齐坠一处;

有时候他们会动念观看停滞如一块蓝色
奶酪的海洋,稠密的气孔带着威胁,
静止的恐惧穿透乘客的额头;
每个人都想把鞋子、脚和骨头磨破,
在其可怖的无边无际中不断移动,直到它不复存在。
危机解除,船顺着水圈回转,
远处蒙得维的亚银色之塔映现。

歌

面包塔,在顶部以高升起其丰饶之坚实的
旋律打造出的弧形结构,
在玫瑰中灿放的歌声的坚硬花瓣——
你的在与不在,你头发全部的重量,
在我床上你燕麦般的身子鲜活的体温,
你的春天安置于我身边的胜利的肌肤,
我的心在石墙里跳动着,
你那小麦和黄金紧密接合的阳光臀部,
你那瀑布般流泻出狂野的甜美之声音,
你那热爱我缓慢之吻重压的嘴巴,
仿佛白日和黑夜剪断了它们的结,让
离合光与影的门半开,
一旦开启,人凿开石头、阴影、空虚
竭力寻觅的遥远版图将映现。

译注：卡普里岛（Capri），意大利西南方那不勒斯湾中的一座小岛。蒙得维的亚（Montevideo），乌拉圭首都。

船歌是终

　　你将会明白在那地区我一度战战兢兢地越过，
　　夜伴随秘密的声响激动着，丛林之黑暗，
　　而我跟着卡车匍匐进入那奇妙的宇宙——
　　黑色的亚洲，黑暗的森林，神圣的灰烬，
　　我的青春颤抖如蝇之翅翼
　　在不安的国度到处奔冲。

　　车轮顿时停止，不相识的人陆续爬了下来，
　　而我，一个外国人，在那里，在丛林的孤寂中，
　　在那里，在那搁浅于黑夜的卡车中，被放逐，
　　二十岁，蜷缩于自己的语言之中，等待死亡。

突然间鼓声响起，火炬闪耀，骚动开始，
那些被我确认为刽子手的人
正在跳舞，在丛林高耸的黑暗底下
娱悦一位迷路于那遥远地区的旅人。

如此，当这么多恶兆正指向我生命的尽头时，
高大的鼓，饰花的编发，闪光的足踝，
舞跃者，微笑并且为一名外国人歌唱。

我告诉你这个故事,亲爱的,因为教训,
人类的教训,透过它奇异的伪装发出光芒,
那儿黎明的原则在我心中植根——
那儿我悟出人类皆兄弟的道理。

那是在越南,一九二八年的越南。
四十年之后,要命的瓦斯落于
我同伴的音乐上,炙烤双腿和音乐,
燃烧荒野上仪礼的寂静,
摧残爱情并且破坏孩童的和平。

"打倒野蛮的入侵者!"鼓声响起,将
微小的国家聚合成一股抵抗的结。

亲爱的,我告诉你这些海上与白日的际遇,
我船歌里的月亮在水中打盹。
我对称的系统如此安排了它,
跟着海上春天刺人的初吻。
我告诉你:带着你眼睛的影像旅行这世界,
我心中的玫瑰建立了自己芬芳的国度!
我说我同时给你恶棍与英雄的记忆,
世界上所有的雷鸣都在我的吻下隆隆作响,
船只就这样在我的船歌里笔直前进。

但这些是耻辱的日子,我们的;远处人类的血再度在海中翻滚，波浪玷污我们，月亮蒙上污名。
这些遥远的苦痛是我们的苦痛
而为受压迫者抗争是我本性中执着的气质。

或许这场战争也将结束，像其他许多分隔我们的战争，
任我们死亡，杀害我们同时也杀害屠杀者，
但这时代的羞辱将它燃烧的手指置于我们面前。
谁能将隐藏于天真血液之中的残酷抹掉？

亲爱的，在宽广的海岸沿线，
从一枚花瓣到另一枚，大地交出它的芳香，
而如今春天的勋章宣告着
我们的永恒，不因其短暂而减少痛苦。

如果船不曾手指无硬茧地回到港口，
如果船歌在雷鸣的海上循着它的航道，
如果你黄金的腰在我手中美妙地转旋，
在这儿让我们屈服于海的回归，我们的命运，
并且就此顺从它暴烈的脾气。

谁能收听潮涌和浪群的根本秘密——
那接二连三用太阳，而后用哭泣充满我们的秘密？
叶子在最后一次发枝时俯身向大地
并且坠入黄色的空气中作为降临的证据。

人类转向机械论，令一切变得可憎：
他的艺术品，他的铅笔，他渴望的铁丝雕像，
他那为曲解闪电而写成的书；
商业交易是由稻田泥泞中的血污做成的，
在众多人的希望之中唯独一具模糊的骸骨残留：
在天空，世纪末正偿付它所亏欠我们的，
而当他们到达月球并且把金质的工具丢到那里，
我们从不知道——迟缓懵懂的孩童——
被发现的究竟是新的行星或者新的死亡形式？

对我和你而言，我们顺从，我们共享希望和冬天；
而我们受了创伤——不仅被致命的敌人
并且被致命的朋友（那似乎更令人难堪），
然而面包不见得变得更味美，我的书也是一样：
我们活着，补足痛苦所需要的统计表，
我们继续去爱爱情，用我们愚钝的方法
我们埋葬说谎者并且活在诚实的人当中。

亲爱的，夜来了，奔驰过整个世界。

亲爱的，夜抹去海的痕迹，船倾斜，歇息。

亲爱的，夜燃起了它群星的机构。

女子清醒地滑行，走近正在睡眠的男子，

在梦中这两人走下了那导向哭泣的河流
并且在黑暗的动物以及负载阴影的火车群中再度成长
直到他们成为夜中苍白的石头。

是折断阴郁玫瑰的时候了,亲爱的,
关闭星辰,把灰烬埋入地底:
并且,在光升起时,和那些醒来和继续寻梦
的人一同醒来,抵达那没有其他岸的海的另一岸。

白日的手
(1967—1968)

有 罪

我宣告自己有罪,因为未曾
用他们给我的这双手,做过
扫帚。

我为什么没做过扫帚?

他们为什么给我一双手?

它们何曾有用
如果我做过的只是
看着谷物摇曳,
听着风,
而没有采割在土里
依然青绿的稻草
做一把扫帚,
没有动手晾干柔软的茎秆,
将它们扎成
金黄的一捆,
没有把一根木棍
和黄裙牢牢绑在一起
直到我有一把可以打扫小路的扫帚?

事实如此。
何以我既往的生命
忽忽而过,
不曾看见、学习
采割、捆扎
那些基本的东西?

要否认自己曾有时间,有
时间,但缺乏
一双手,已太迟了,
所以我如何能
渴求伟大
如果我从来没有能力
做出
一把扫帚,
即便只是
一把?

礼 物

从多少只何等粗糙的手传下
被打造出的工具,
酒杯,
以及那紧贴女体
鲜明印出的
显要的臀部曲线!

形塑酒杯外形的
那只手,
传递出桶的圆滚身形,
以及钟的新月轮廓。

我需要强有力的手
帮助我
改变这些星球的外观:
旅行者需要的
三角形星星;
被寒气切割成
四方形的骰子状星座;
需要一些手,为
安托法加斯塔汲取秘密的

河流，让水重获

在沙漠中丢失了的贪婪感。

我要世上所有的手

揉出面包

山脉，收获

所有海中的鱼，

所有橄榄树

的果实，

所有尚未被唤醒的爱，

且在白日的

每一只手里留下

一份礼物。

译注：安托法加斯塔（Antofagasta），智利北部著名海港城市，濒临太平洋。位于阿塔卡马沙漠中，年均降水量不足4毫米。

动 词

我要将这个字弄皱，
拧弯，
是的，
它太光滑了，
仿佛被一条大狗的
舌头或者一条大河的流水
清洗了
许多寒暑。

我想见到
这个字的粗糙面，
铁一般的盐，
大地
无牙的咬劲，
发声者和沉默者的
血液。

我想见到
它音节深处的渴望：
我想碰触
声音里的焰火：

我想感受
尖叫的黑暗,我想要
宛如处女石的
粗糙语字。

世界尽头
(1968—1969)

物 理

爱,像树脂一样
从一棵满涨鲜血之树流出,
将它奇异的气味悬于
自发的欢愉的嫩芽之上:
大海激烈地涌进我们,
还有贪婪地吞噬着的夜,
让灵魂消溶于体内,
两个骨头之钟发出响声,
而后别无其他动静,除了再度被
掏空的你身体的重量。

蜜 蜂（I）

我能怎么办？我出生时
诸神皆已死去，
在难熬的青少年时期
我不停地在缝隙间寻探：
那是我职责所在，也因此
我觉得自己如此孤寂。

一只蜜蜂加一只蜜蜂
不等于两只浅色的蜜蜂
或两只暗色的蜜蜂：
它们形成一个太阳的体系，
一个黄玉的房间，
一次冒险的抚摸。

琥珀最初始的焦虑
是两只黄色的蜜蜂
而每天太阳绕着
这些蜜蜂工作：
要向人们透露这么多我
荒谬的秘密真让我生气。

他们不断追问
我和猫有何关系，
我如何发现彩虹，
为什么值得称许的栗子
要穿上刺猬的外衣；
他们最想要让我说出
蟾蜍对我的看法，
以及什么动物藏身于
森林的香气底下
或水泥的脓疱中。

的确，在智者中
唯独我无知，
而在所知无多者中
我总是最无知，
正因为我所知那么少
我习得智慧。

境　况

遭遇这么多令人伤心的否定，
我告别了镜子，
也放弃了我的职业：
情愿在街角落当个盲人
对着世界歌唱，
不必看到任何人，因为大家
看起来都跟我有点像。

而我依然尝试着
回望我自己，
回望眼不能见，身处
黑暗之境的自己，
在一大群盲人中
我的歌声并无出众之处，
但市街之声越是刺耳，
我似乎唱得越动听。

被罚陷于自恋之境，
我对外摆出一副伪君子的模样，
隐藏我的缺陷带给我的
深深的爱。

我依然快快乐乐，
没有让任何人察知
我深不可测的疾病：
我为自恋所受之苦，
得不到相应的爱的回报。

最悲哀的世纪

流放者的世纪,
流放者之书,
阴沉的世纪,黑色之书,
这是我该在书上写下、
让世人掀开的内容,
挖掘这个世纪,用
溅出的血为书页上色。

因为我经历过迷失于丛林者
在荆棘丛生之地的生活:
在惩罚的丛林中。
我数着被截断的手,
堆积如山的灰烬,
一个个各别的啜泣,
找不到眼睛的眼镜,
以及无头之发。

然后我遍寻全世界
失去家园的人,
不论被领往何处都带着
他们挫败的小旗帜,

他们的雅各之星
或他们可怜的照片。

我也尝过流放之味。

作为一名经验老到的
流浪者,我空手而归,
回到这片熟悉我的大海。
但还有另一些人,
依然受到阻绝,
依然不断地留下错误,
留下他们所爱的人而去,
心想也许也许有一天,
却深知永远永远不可能,
所以我必须伴之以啜泣,
失去故乡的人
沾满尘土的啜泣,
伴之以和我的兄弟们
(他们还留在那里)同庆的
胜利的建筑,
新面包的丰收。

译注:雅各之星(estrellas de Jacob),指预言之星、信仰之星。

海与铃
(1971—1973)

寻 找

从酒神的赞美歌到海洋的根部
一种新的空虚伸延着:
我要的不多,浪如是说,
只要它们不要再喋喋不休,
只要城市的水泥胡子
不要再长出来,
我们独来独往,
最终想要放声大叫,
对着大海撒尿,
看见七只同样颜色的鸟,
三千只绿鸥,
想要在沙上寻爱,
想要弄脏我们的鞋子,弄脏
书,帽子,脑袋,
直到找到你,虚无,
直到亲吻你,虚无,
直到歌唱你,虚无,
无虚无的虚无,无虚无感的
虚无,不终结真理的虚无。

我感激

我感激,提琴啊,有四种
和声的这个日子,纯净的
天籁,
大气的蔚蓝声音。

每日,玛蒂尔德

我今天的献礼:你修长
如智利的疆土,纤巧
如一朵大茴香花,
每个分支都见证
我们无法抹灭的春日:
今天是什么日子?你的日子。
而明日是昨日,未曾消逝,
日子从未自你的手里溜掉:
你守护阳光,大地,守护入眠后
你细长阴影里那些紫罗兰。
如此,每天早上
我重领你给我的日子。

有一个人回到自我

有一个人回到自我,像回到一间
有铁钉和裂缝的老屋,是的
回到厌倦了自我的自我,
仿佛厌倦一套千疮百孔的破旧衣服,
企图裸身行走于雨中,
有一个人想让洁净的水,自然的风
淋透全身,却只再度
回到自我的坑井,
那古老、琐屑的困惑:
我真的存在吗?知道该说什么,
该付,该欠或该发现什么吗?
——仿佛我有多重要
以致世界连同其植物之名,
在它四周黑墙的竞技场里,
除了接纳我或不接纳我别无选择。

在最饱满的六月

在最饱满的六月
一个女子进入我的生命,
不,一只橘子。
画面模糊了:
他们敲门:
是一阵强风,
一道如鞭一样击来的光,
一只紫外线的乌龟,
我以望远镜般的悠缓
注视着它,
仿佛它在很远的地方或者一度居住于
这块星光的祭坛布上,
因一次天文学失误
进入我的屋子。

如果每一日跌落

如果每一日跌落
进每一夜里,
会有一口井
把光亮关在里面。

我们得坐在
黑暗之井的边上
耐心地垂钓
坠落的光。

让我们等候

尚未来临的其他时日
像面包,或椅子,或药品、
商品般等候升起:
未来岁月的制造厂:
灵魂的工匠
正在建造,估秤,准备
苦涩或宝贵的日子。
时机一到它们会前来叩门,
赏我们一只橘子
或立刻谋杀我们。

原谅我,如果我眼中

原谅我,如果我眼中
再没有事物比浪花更清澈,
原谅我,如果我的空间
绵延不断无遮掩
无穷尽:
我的歌是单调的,
我的语字是暗处的鸟,
石头和海的动物,冬日行星的
忧伤,永不腐朽。
请原谅这一连串的水,
岩石和泡沫,潮汐的
狂言呓语:这即是我的孤独:
拍击我秘密自我之墙的盐水
急剧的翻跃,使
我成为冬日
的一部分,
一声钟响接一声钟响在浪中
自我重复的同样延伸的一部分,
寂静的一部分,长发一样的寂静,
海藻的寂静,沉没的歌。

二〇〇〇
(1971)

面 具

怜悯这几个世纪以及其幸存者——
或幸运或受虐——我们没做的事
不是任何人的错,钢铁短缺了:
我们将之耗于过多无用的破坏上,
做总结算时这些都无足轻重:
饱受脓疱和战争之苦的岁月,
仅存的希望在敌人瓶底
被吸尽的瘫软、晕厥的岁月。

好吧,我们找时间,找些时间,
和燕子说,以免被人听见:
很惭愧我们矜持如鳏夫:
真相在如此多坟墓中死去、腐烂;
只记住即将要发生之事就好——
在此婚庆之年,没有失败者;
让我们每个人都戴上胜利的面具。

黄色的心
(1971—1972)

异 者

在某个书上没记载的地区
闲荡一阵子后,
我逐渐习惯这块顽固之土,
这儿没有人想知道
我是否喜爱莴苣
胜过喜爱
大象吞食的薄荷。
而由于未作答,
我保有了黄色的心。

情 歌

我爱你我爱你,如是我歌,
我要开始唱一首呆呆的歌。

我爱你我爱你,我的心肝,
我爱你我爱你,我的野葡萄藤,
如果爱像葡萄酒,
从你的手到你的脚
都是嗜饮你的我的最爱;
你是我来世的葡萄酒杯,
我命运之瓶。

向前向后我都爱你,
而我没有好音质或好音色
为你唱这首歌,
这首唱不停的歌。

在我走调的提琴上
我的琴声如是诉说:
我爱你我爱你,我的低音提琴,
我黑而亮的美女,
我的心,我的齿,

我的光，我的汤匙，
我黯淡日子里的盐，
我窗玻璃上的皎月。

一 体

历经一切之后,我依然将
爱你如昔,依然
在还未见到你身影的
漫长等待中,
你的气息
始终紧贴着我。

紧贴着我,用你的习惯,
用你的色彩和你的吉他,
就像在学校课程中
国家与国家合为一体,
区域界线变得模糊,
而河的附近有一条河,
两座火山一块成长。

靠近你等同靠近我,
你绝不可能不在身边,
而在地震夜,
月亮是黏土的颜色,
此时,因畏惧大地,
所有的根都接连在一起,

你听到寂静发出
恐怖的乐音。
恐惧也变成一条街道。
在其可怕的石块间
温柔可以四脚
和四唇前行。

因为,未脱离现在
这一枚易碎的戒指,
我们抚触了昨日之沙,
海面上,爱反复显露出
如痴如醉的神情。

拒绝闪电

闪电啊,你将我托付给
舒缓的工作步调:
随着你夹带磷酸威胁的
秋分时节的警告,
我领取我精选之物,
抛弃不属于我者,
并以我的脚我的眼
发现秋的丰实。

闪光教我要冷静,
不要错失天际之光,
教我在自己的体内
寻找大地的图库,
在坚硬的土地挖掘,
直到在那坚硬之中找到
垂死的流星正在
寻找的同一个地方。

我知道居留在空中
所需的迅捷,
而为了学习舒缓

我建立了一个不必要的学派,
就像一群鱼
在诸多危险当中
展开每日的悠游。
这是下方的风格,
海底宣言的风格。

我想我不会因为某种
可恶的律法而轻忽它:
万物各有其独有的信号,
各有其在世上专属之物,
而我借助于我的诚实
因为我不会说谎。

疑问集

(1971—1973)

(3) 告诉我,玫瑰是光着身子

告诉我,玫瑰是光着身子
或者那是它唯一的衣服?

树为何将根部的光辉
隐藏起来?

有谁听见犯了罪的
汽车的悔恨?

世上有什么东西比
雨中静止的火车更忧伤?

(10) 百年后的波兰人

百年后的波兰人
对我的帽子会有何看法?

那些没碰触过我血的人
会怎么说我的诗?

如何称量
从啤酒杯滑落的泡沫?

囚禁于彼特拉克十四行诗里的
苍蝇在做些什么?

(24) 对每个人而言4都是4吗?

对每个人而言4都是4吗?
所有的七都相等吗?

囚犯想起的光
和照亮你的光一样吗?

你可曾想过病人们的四月
是什么颜色?

什么西方君主政体
以罂粟为旗帜?

(62) 在死亡之巷久撑

在死亡之巷久撑
究竟何谓?

盐漠里
如何开出花?

在若无其事的海洋中,
也备有赴死亡之约的衣服吗?

骨头消失时,
存在于最后的尘土中的是谁?

(72) 假如百川皆甜

假如百川皆甜,
大海从哪里来的盐?

四季如何得知
何时该换衬衫?

为什么在冬天如此缓慢,
后来却迅速抽长?

树根怎么知道
必须向着光攀升?

而后以如此多样的花朵和色彩
向大气致意?

是否总是同样的春天
反复扮演相同的角色?

精选的缺陷
(1971—1973)

要让你烦的悲伤的歌

我整晚浪费生命
计算着,
不是母牛,
不是英镑,
不是法郎,不是美元,
不,不是那类东西。

我整晚浪费生命
计算着,
不是汽车,
不是猫,
不是爱人,
不是。

我在灯下浪费生命
计算着,
不是书本,
不是猫狗,
不是数字,
不是。

我整晚浪费月亮
计算着，
不是吻，
不是新娘，
不是床，
不是。

我在浪里浪费夜晚
计算着，
不是瓶子，
不是牙齿，
不是杯子，
不是。

我在和平中浪费战争
计算着，
不是死者，
不是花朵，
不是。

我在陆地上浪费雨水
计算着，
不是道路，
不是歌曲，
不是。

我在阴影中浪费陆地
计算着，
不是头发，
不是皱纹，
不是失物，
不是。

我在生时浪费死亡
计算着，
有加总吗？
我不记得了，
不记得了。

我在死时浪费生命
计算着，
是亏损
还是有盈余，
我不知道，
陆地也不知道。

以及其他其他……

大尿尿者

大尿尿者黄澄澄
排出的溪流
是青铜色的雨水
落在教堂圆顶上,
落在汽车车顶上,
落在工厂和公墓上,
落在老百姓和他们的花园上。

它是谁?它在哪儿?

它是一种密度,浓稠的液体
仿佛自马身上
落下,
没带伞的
受惊的路人
仰望天空,
此时街道被淹没,
尿水精力充沛地流过
门的下方,
支持下水道,瓦解
大理石地板、地毯,

楼梯间。

无人能查出其动静。啊,
祸从何来?

世界将发生什么大事?

大尿尿者高高在上
不发一语地尿尿着。

这意味什么?

我是个苍白拙劣的诗人,
非为解谜或推荐
特殊雨伞而至此。

再见!打声招呼后我要到
一个不会对我发问的国家。

聂鲁达年表

1904 七月十二日生于智利中部的农村帕拉尔（Parral）。本名内夫塔利·里卡多·雷耶斯·巴索阿尔托（Nefatalí Ricardo Reyes Basoalto）。父为铁路技师，母为小学教员。八月，母亲去世。

1906 随父亲迁居到智利南部边境小镇特木科（Temuco）。在这当时仍未开拓、草木鸟兽尚待分类的边区，聂鲁达度过了他的童年与少年。

1914 十岁。写作了个人最早的一些诗。

1917 十三岁。投稿特木科《晨报》（*La Mañana*），第一次发表文章。怕父亲知道，以巴勃罗·聂鲁达（Pablo Neruda）之笔名发表。这个名字一直到1946年始取得法定地位，变成他的真名。

1918 担任特木科《晨报》的文学编辑。

1921 离开特木科到圣地亚哥，入首都智利大学教育学院攻读法文。诗作《节庆之歌》（"La canción de la fiesta"）获智利学联诗赛首奖，刊载于学联杂志《青年时代》。

1923 第一本诗集《霞光集》（*Crepusculario*）出版；在

这本书里聂鲁达试验了一些超现实主义的新技巧。

1924 二十岁。出版诗集《二十首情诗和一首绝望的歌》（*Veinte poemas de amor y una canción desesperada*），一时名噪全国，成为智利杰出的年轻诗人。

1925 诗集《无限人的试炼》（*Tentativa del hombre infinito*）出版；小说《居住者与其希望》（*El habitante ye su esperanza*）出版。

1926 散文集《指环》（*Anillos*）出版。

1927 被任命为驻缅甸仰光领事。此后五年都在东方度过。在这些当时仍是英属殖民地的国家，聂鲁达开始接触了艾略特及其他英语作家的作品，并且在孤寂的日子当中写出了后来收在《地上的居住》里的那些玄密、梦幻而动人的诗篇。

1928 任驻斯里兰卡科伦坡领事。

1930 任驻爪哇巴达维亚领事。十二月六日与荷兰裔爪哇女子哈赫纳尔（Maria Antonieta Hagenaar）结婚。

1931 任驻新加坡领事。

1932 经过逾两个月之海上旅行回到智利。

1933 诗集《地上的居住·第一部》（*Residencia en la tierra, I, 1925—1931*）在圣地亚哥出版。八月，任驻阿根廷布宜诺斯艾利斯领事。十月，结识西班牙诗人洛尔迦（Federico García Lorca）。

1934 任驻西班牙共和国巴塞罗那领事。女儿玛丽娜（Malva Marina）出生于马德里。翻译英国诗人布莱克（William Blake）的作品《阿比昂女儿们的幻景》（"Visions of the Daughters of Albion"）和《精神旅游者》（"The Mental Traveller"）。结识大他二十岁的卡里尔（Delia de Carril）——他的第二任妻子，两人 1943 年于墨西哥结婚。与西班牙共产党诗人阿尔维蒂（Rafael Alberti）交往。

1935 任驻马德里领事。《地上的居住·第一及第二部》（*Residencia en la tierra, I y II, 1925—1935*）出版。编辑出版前卫杂志《诗的绿马》（*Caballo Verde para la Poesía*），为传达劳动的喧声与辛苦，恨与爱并重的不纯粹诗辩护。

1936 西班牙内战爆发。诗人洛尔迦遭暗杀，聂鲁达写了一篇慷慨激昂的抗议书。解除领事职务，往巴伦西亚与巴黎。与哈赫纳尔离异。

1937 回智利。诗集《西班牙在我心中》（*España en el corazón*）出版，这是聂鲁达对西班牙内战体验的记录，充满了义愤与激情。

1938 父死。开始构思写作《一般之歌》（*Canto general*）。

1939 西班牙共和国垮台。被派至法国，担任负责西班牙难民迁移事务的领事。诗集《愤怒与哀愁》（*Las furias y las penas*）出版。

1940 被召回智利。八月，担任智利驻墨西哥总领事，至 1943 年止。

1942 女儿玛丽娜病逝于欧洲。

1943 九月,启程回智利,经巴拿马、哥伦比亚、秘鲁诸国。十月,访秘鲁境内之古印加废墟马祖匹祖高地。十一月,回到圣地亚哥,开始活跃于智利政坛。

1945 四十一岁。当选国会议员。加入智利共产党。与工人、民众接触频繁。

1946 在智利森林公园户外音乐会中初识后来成为他第三任妻子的玛蒂尔德·乌鲁蒂亚(Matilde Urrutia)。

1947 诗集《地上的居住·第三部》(*Tercera residencia, 1935—1945*)出版。开始发表《一般之歌》。

1948 智利总统魏地拉(González Videla)宣布断绝与东欧国家关系,聂鲁达公开批评此事,因发觉有被捕之虞而藏匿。智利最高法庭判决撤销其国会议员职务,法院亦对其通缉。

1949 智利共产党被宣告为非法。二月二十四日聂鲁达开始流亡。经阿根廷至巴黎、莫斯科、波兰、匈牙利。八月至墨西哥,染静脉炎,墨西哥养病期间重遇玛蒂尔德,开始两人秘密的恋情。

1950 《一般之歌》出版于墨西哥,这是聂鲁达历时十二年完成的伟大史诗,全书厚四百六十八页,一万五千行,共十五章。访危地马拉、布拉格、巴黎、罗马、新德里、华沙、捷克。与毕加索等艺术家同获国际和平奖。

1951 旅行意大利。赴巴黎、莫斯科、布拉格、柏林、蒙古与北京——在那儿，作为代表颁发国际和平奖给宋庆龄。

1952 停留意大利数月。诗集《船长的诗》(*Los versos del capitán*)匿名出版于那不勒斯，这是聂鲁达对玛蒂尔德爱情的告白。聂鲁达一直到1963年才承认自己是此书作者。赴柏林与丹麦。智利解除对聂鲁达的通缉。八月，回到智利。

1953 定居于黑岛（Isla Negra）——位于智利中部太平洋滨的小村落，专心写作。开始建造他在圣地亚哥的房子"查丝蔻纳"（La Chascona）。

1954 旅行东欧与中国归来，出版情诗集《葡萄与风》(*Las uvas y el viento*)。诗集《元素颂》(*Odas elementales*)出版，收有六十八首题材通俗、明朗易懂且每行均很短的颂诗。

1955 与卡里尔离异。与玛蒂尔德搬进新屋"查丝蔻纳"。访问苏俄、中国与其他社会主义国家，以及意大利、法国。回到拉丁美洲。

1956 《元素颂新集》(*Nuevas odas elementales*)出版。回到智利。

1957 《元素颂第三集》(*Tercer libro de las odas*)出版。开始写作《一百首爱的十四行诗》(*Cien sonetos de amor*)，这同样是写给玛蒂尔德的情诗集。

1958 诗集《狂想集》(*Estravagario*)出版。

1959 出版诗集《航行与归来》(*Navegaciones y regresos*)。出版《一百首爱的十四行诗》。

1961　诗集《智利之石》(*Las piedras de Chile*)出版。诗集《典礼之歌》(*Cantos ceremoniales*)出版。

1962　《回忆录：我承认我历尽沧桑》(*Confieso que he vivido: Memorias*)于三月至六月间连载于巴西的《国际十字》(*Cruzeiro Internacional*)杂志。诗集《全力集》(*Plenos poderes*)出版。

1964　七月，出版自传体长诗《黑岛的回忆》(*Memorial de Isla Negra*)，纪念六十岁生日。同年，让-保罗·萨特获诺贝尔文学奖，拒领，理由之一：此奖应颁发给聂鲁达。

1966　十月二十八日，完成与玛蒂尔德在智利婚姻合法化的手续（他们先前曾在国外结婚）。出版诗集《鸟之书》(*Arte de pajaros*)；出版诗集《沙上的房子》(*Una casa en la arena*)。

1967　诗集《船歌》(*La barcarola*)出版。发表音乐剧作《华金·穆里叶塔的光辉与死亡》(*Fulgor y muert de Joaquín Murieta*)，这是聂鲁达写的第一个剧本。

1968　诗集《白日的手》(*Las manos del día*)出版。

1969　诗集《世界尽头》(*Fin de mundo*)出版。

1970　诗集《天上之石》(*Las piedras del cielo*)出版。写作关于人类进化起源的神话诗《炽热之剑》(*La espada encendida*)。阿连德(Salvador Allende)当选智利总统；事实上，在阿连德获得提名之前，聂鲁达一度是共产党法定的总统候选人。

1971 再度离开智利，前往巴黎就任智利驻法大使。十月二十二日，获诺贝尔文学奖。

1972 发表《四首法国诗》；出版《无果的地理》（*Geografía infructuosa*）。在领取诺贝尔奖之后带病回国，然却不得静养，因为此时的智利已处在内战的边缘。

1973 发表诗作《处死尼克松及赞美智利革命》（*Incitación al Nixonicido y alabanza de la revolución chilena*）。九月十一日，智利海军、陆军相继叛变，聂鲁达病卧黑岛，生命垂危。总统府拉莫内达宫被炸，阿连德被杀。九月二十三日，聂鲁达病逝于圣地亚哥的一所医院，享年六十九岁。他的葬礼变成反对军人政府的第一个群众示威，他在圣地亚哥的家被闯入，许多书籍文件被毁。诗集《海与铃》（*El mar y las campanas*），《分离的玫瑰》（*La rosa separada*）出版。

1974 诗集《冬日花园》（*Jardín de invierno*），《黄色的心》（*El corazón amarillo*），《二〇〇〇》（*2000*），《疑问集》（*El libro de las preguntas*），《哀歌》（*Elegía*），《精选的缺陷》（*Defectos escogidos*）出版。《回忆录：我承认我历尽沧桑》出版。

图书在版编目（CIP）数据

我的灵魂是日落时分空无一人的旋转木马：聂鲁达诗精选 /（智）巴勃罗·聂鲁达著；陈黎，张芬龄译. -- 北京：北京联合出版公司，2024.3
ISBN 978-7-5596-7301-5

Ⅰ.①我… Ⅱ.①巴… ②陈… ③张… Ⅲ.①诗集—智利—现代 Ⅳ.①I784.25

中国国家版本馆CIP数据核字（2023）第241388号

我的灵魂是日落时分空无一人的旋转木马：聂鲁达诗精选

作　　者：[智] 巴勃罗·聂鲁达
译　　者：陈　黎　张芬龄
出 品 人：赵红仕
策划机构：雅众文化
策 划 人：方雨辰
特约编辑：廖　珂
责任编辑：龚　将
装帧设计：方　为

北京联合出版公司出版
（北京市西城区德外大街83号楼9层　100088）
北京联合天畅文化传播公司发行
山东临沂新华印刷物流集团有限责任公司印刷　新华书店经销
字数90千字　1092毫米×860毫米　1/32　11印张
2024年3月第1版　2024年3月第1次印刷
ISBN 978-7-5596-7301-5
定价：68.00元

版权所有，侵权必究
未经书面许可，不得以任何方式转载、复制、翻印本书部分或全部内容。
本书若有质量问题，请与本公司图书销售中心联系调换。
电话：（010）64258472-800